HERMANN HESSE

ROSSHALDE

Traducción de
ALBERTO LUIS BIXIO

EDITORIAL SUDAMERICANA
BUENOS AIRES

PRIMERA EDICIÓN POCKET
Julio de 1999

IMPRESO EN ESPAÑA

*Queda hecho el depósito
que previene la ley 11.723.
© 1999, Editorial Sudamericana S.A.
Humberto 1° 531, Buenos Aires.*

ISBN 950-07-1513-9

Título del original en alemán
Rosshalde

*© 1956 by Suhrkamp Verlag
Frankfurt am Main.*

ROSSHALDE

Diseño de tapa: María L. de Chimondeguy / Isabel Rodrigué

Capítulo I

Cuando diez años atrás Johann Veraguth adquirió Ros-shalde para instalarse allí, era esta posesión una antigua residencia señorial abandonada; los senderos de los jardines estaban invadidos de tupida hierba, los bancos cubiertos de musgo, quebrantados los peldaños de las escaleras; impenetrable maleza cubría el parque; en la finca no había otras construcciones que la de la hermosa casa señorial, un tanto deteriorada, con su caballeriza y la de un pequeño pabellón de forma de templete, situado en medio del parque, que disimulaba su puerta de entrada en un escondido ángulo y en cuyas paredes, tapizadas antaño con sedas azules, crecía profusamente el musgo y el moho.

Inmediatamente después de la compra, el nuevo propietario había dispuesto la demolición del ruinoso templete, pero conservó de él los diez antiguos escalones de piedra que desde su umbral conducían hasta el borde mismo del dilatado estanque. En el sitio en que se elevaba este placentero pabellón hizo construir Veraguth su estudio de pintor, donde trabajó ininterrumpidamente durante siete largos años y donde pasaba la mayor parte del día. Si bien tenía su vivienda, claro está, en la mansión principal, crecientes desavenencias sobrevenidas en el seno de la familia lo determinaron a alejar de allí a su hijo mayor, al que envió a una escuela distante; resolvió dejar que sólo su mujer y la servidumbre ocuparan la residencia mientras él hacía construir, anexas al estudio, dos habitaciones en las cuales vivía desde entonces como un hombre soltero. Desdeñó, pues, las comodidades de la espléndida residencia señorial; la señora de Veraguth y el pequeño Pierre, su hijo menor, niño de siete años, no ocupaban más que el piso superior; cierto es que a menudo recibían visitas y huéspedes, mas nunca se trataba de una sociedad numerosa, de suerte que año tras año permanecía sin ocupantes gran número de habitaciones.

El pequeño Pierre no sólo era el hijo favorito de sus padres, sino que además constituía el único vínculo de unión entre ellos, una suerte de intercambio y nexo que se mantenía entre la residencia por un lado y el estudio del pintor por otro; era, pues, Pierre, en verdad, el único amo y señor de Rosshalde. El pintor habitaba exclusivamente su *atelier* y sólo frecuentaba los parajes que bordeaban el lago del bosque, así como aquellas partes del parque más salvajes en su vegetación; su mujer, en cambio, reinaba en la casa; a ella pertenecían los bien cuidados cuadros de césped, los jardines sombreados por tilos y castaños; ninguno de ellos invadía el dominio del otro; tal cosa sólo ocurría raramente y respondiendo a una invitación, excepto en el caso de las comidas que el pintor tomaba, las más de las veces, en el comedor de la residencia. El pequeño Pierre era el único que no reconocía esa separación de la vida de sus padres y esa autonomía de sus respectivos dominios; es más, apenas tenía conciencia de ellas. Corría libremente y sin cuidados, tanto por la antigua mansión como por el edificio recién levantado; se encontraba tan a su gusto en la biblioteca del padre como en la gran galería o en el salón o en las habitaciones de su madre; a él pertenecían los madroños de los jardines cubiertos de castaños, las flores del jardín atravesado por tilos, los peces del lago del bosque, la caseta de baño, la barca. Sentíase a la vez amo y protegido de las doncellas de su madre y de Robert, el criado del artista; era el hijo de la señora de la casa para los visitantes y huéspedes de la madre y el hijo del pintor para los señores que en algunas ocasiones se llegaban hasta el estudio del padre y hablaban en francés; tanto en el dormitorio de éste como en la habitación de la madre, empapelada de claros colores, pendían retratos del niño, pinturas y fotografías. Pierre, pues, se sentía dichoso; hasta estaba en cierto sentido mejor que otros niños cuyos padres viven en un buen entendimiento recíproco; no se había establecido aún ningún plan sobre su educación, de manera que cuando alguna vez, encontrándose en los dominios de la madre, sentía que el suelo le quemaba los pies, estaba seguro de que la zona vecina al lago del bosque le ofrecería un acogedor asilo.

Hacía ya mucho que Pierre se había acostado; y en la residencia, a las once de la noche, se había apagado la luz de la última ventana iluminada. A medianoche, Veraguth, que había pasado la velada en un restaurante de la ciudad en compañía de unos conocidos, regresaba a su casa solo y a pie. En el trayecto que recorrió en esa tibia, nublada noche de verano, una de las primeras de la estación, fue desvaneciéndose en su mente la atmósfera del vino y del humo del tabaco, de las risas acaloradas y de las chanzas atrevidas; Veraguth aspiró profundamente el suave aire, cálido y húmedo de la noche y marchó resuelto a lo largo de la calle que corría entre los oscuros trigales, ya casi en sazón, de Rosshalde, cuyas elevadas formas se erguían macizas y silenciosas en el pálido cielo nocturno.

Pasó de largo por delante de la entrada de la posesión; por un momento dirigió su mirada hacia la casa señorial, cuya clara fachada se destacaba noble y atrayente contra las negras siluetas de los árboles y, deteniéndose, contempló por algunos minutos el hermoso cuadro que se le ofrecía, con el deleite y la sensación de novedad que ante él experimentaría un caminante cualquiera que hubiera llegado allí por el mismo camino; luego prosiguió su marcha a lo largo del alto seto, unos doscientos pasos más allá, hasta que llegó al lugar desde donde partía un sendero, hecho abrir por él mismo, que, atravesando el bosque, conducía directamente hasta su estudio de pintor. Con sus sentidos despiertos marchó la vigorosa aunque pequeña figura de Veraguth a través del parque sombrío, boscoso y salvaje, en dirección a su vivienda y estudio que apareció de pronto ante él cuando las espesas y oscuras copas de los árboles, reflejándose en las aguas, permitieron ver la amplia redondez del cielo gris y pálido.

El lago se presentaba casi negro en su calma perfecta; apenas cual una capa infinitamente sutil o un fino polvillo reflejábase la tenue luz nocturna sobre las aguas. Veraguth miró su reloj; faltaba poco para la una de la madrugada. Abrió una puerta lateral del pequeño pabellón que comunicaba con su alcoba. Allí encendió una bujía, se despojó rápidamente de sus ropas, salió de nuevo al aire libre completamente desnudo y, con lentitud, comenzó a descender los amplios escalones de lisa piedra hasta llegar al agua, que brilló alrededor de sus rodillas en pequeñas ondas suaves y fugaces. Se introdujo decididamente en las aguas, nadó por unos minutos hacia el centro del lago, mas de pronto sintió el cansancio propio de una noche pasada de un modo para él no habitual, y retornó a la casa. Se envolvió en una gruesa salida de baño y con los pies desnudos subió los peldaños que lo separaban de su estudio, una enorme habitación, casi vacía, en la que prestamente, con impacientes movimientos, encendió todas las luces eléctricas.

Presuroso se dirigió hacia un caballete que sostenía un lienzo de reducidas dimensiones: representaba su trabajo de los últimos días. Apoyando las manos en sus rodillas se inclinó sobre el cuadro y con ojos sumamente atentos contempló la superficie de la tela cuyos frescos colores reflejaban una viva luz. Permaneció en esa actitud de muda y atenta contemplación dos o tres minutos, hasta que la más pequeña pincelada de su obra volvió a adquirir plena vida a sus ojos. Desde años atrás había adquirido Veraguth la costumbre de desechar, en las noches que precedían a una jornada de labor, toda imagen o recuerdo que no fuera el cuadro que se encontraba pintando, de modo que en tales ocasiones siempre se acostaba y se dormía pensando en él. Apagó las luces eléctricas, tomó la bujía y se llegó hasta su alcoba, de cuya puerta pendía una pizarra pequeña y un trozo de tiza. "Despiérteme a las siete. El café a las nueve", escribió con vigorosos caracteres latinos; cerró luego la puerta tras de sí y se introdujo en el lecho. Manteniendo los ojos abiertos, permaneció aún un instante inmóvil procurando representarse todos los detalles del cuadro y retenerlos ante su vista. Una vez que se hubieron colmado de él sus claros ojos grises, los cerró, suspiró levemente y cayó en seguida en el sueño.

A la mañana siguiente lo despertó Robert a la hora indicada; Veraguth se levantó inmediatamente, se lavó con agua fría en un gabinetito contiguo a su dormitorio, se puso un basto traje de lienzo de color gris indefinido y se dirigió a su estudio, cuyas gruesas cortinas ya había descorrido el criado. Sobre una mesilla veíase un plato de frutas, una jarra de agua y unos trozos de pan de centeno, que el pintor tomó con aire pensativo y comenzó a mordisquear mientras se colocaba frente al caballete y contemplaba su cuadro. Andando de aquí para allá por la habitación, comió dos rebanadas de pan, tomó un par de cerezas del plato de cristal, miró algunas cartas y los periódicos puestos sobre la mesilla, sin prestarles atención y se sentó por fin en un sillón de cuero frente a su obra.

El cuadrito, de forma apaisada, representaba un amanecer, tal como el pintor semanas antes había tenido ocasión de ver durante un viaje, y del que había sacado múltiples apuntes. No habiendo encontrado a los colegas que se había propuesto visitar, Veraguth había tenido que hospedarse en una fonda del alto Rin y allí había pasado una poco agradable tarde de lluvia confinado en la sala de la taberna llena de humo y una mala noche en un cuartito húmedo que olía a moho y a cal. Aun antes de apuntar el sol habíase despertado Veraguth de su poco profundo sueño, algo malhumorado; había encontrado todavía cerrada la puerta del establecimiento, de suerte que tuvo que saltar por una ventana para ganar el aire libre. A orillas del Rin había desenganchado una barca y se había internado remando en la suave corriente del río todavía envuelto en la penumbra crepuscular. Precisamente cuando se disponía a volver, había percibido hacia la otra banda del río a un remero que se le iba aproximando; la fría y suave luz del amanecer lechoso de un día de lluvia envolvía el oscuro contorno de la barca del pescador haciéndola aparecer excesivamente voluminosa. Ante ese espectáculo, súbitamente impresionado por el efecto particular de esa luz e íntimamente interesado como pintor, Veraguth se había detenido y esperado a que el hombre se acercara más; el pescador había retirado una red y una nasa del agua fresca y se habían manifestado a la suave luz dos gruesos pescados de color plata mate cuyos cuerpos mojados habían relucido un instante sobre la superficie del río gris para caer luego en el fondo de la embarcación del pescador con un ruido sordo. Veraguth había pedido al hombre que lo aguardara unos minutos, sólo el tiempo necesario para ir en busca de sus utensilios de pintor y, ya de vuelta, había hecho algunos rápidos apuntes a la aguada; había pasado ese día en el lugar dibujando y pintando, y al siguiente muy temprano, había salido nuevamente a pintar al aire libre; luego había continuado su viaje, mas desde aquel momento no lo abandonó un instante el pensamiento de realizar el cuadro, ni cesó de atormentarlo éste hasta que hubo cobrado forma; y he aquí que desde días atrás trabajaba en esa obra que estaba ya casi terminada.

Para él, que pintaba habitualmente al pleno resplandor del sol o a la cálida luz del bosque y del parque, la frescura plateada que debía inundar el cuadro le planteó arduo problema; mas el día anterior, en el que había encontrado Veraguth una feliz solución, sintió que su arte ganaba un nuevo acento y que en verdad su obra representaba algo excepcionalmente bueno; no se daba por satisfecho con haber fijado en su magistral pintura algo de la vida, sino que entendía que su obra representaba un instante en el cual se quebraba, fugitiva, la vítrea superficie bajo la cual se agita el indiferente y misterioso ser y devenir de la naturaleza, y en el que se podía vislumbrar el alentar violento de la realidad.

Observó la tela con atentos ojos y preparó los tonos de pintura sobre la paleta que en nada se parecía a la que habitualmente empleaba, pues casi todos los colores rojos y amarillos de que tanto se valiera, habían desaparecido de ella. Las partes que representaban el agua y la atmósfera estaban ya terminadas; corría sobre la superficie del lienzo una luz fría y pálida; flotaban en la penumbra crepuscular descolorida y húmeda los sombríos matorrales y estacas de la orilla; irreal y como diluida aparecía la tosca barca del pescador; también el rostro del hombre se presentaba cual falto de ser y expresión; sólo su tranquila mano extendida para atrapar los peces tenía una plena e implacable realidad. Uno de ellos saltaba reluciente por sobre el borde de la embarcación, el otro yacía liso y quieto, la redonda boca abierta y los ojos fijos y espantosos llenos del dolor de las criaturas. El conjunto era frío y triste casi hasta la ferocidad, pero sereno e intangible, sin otra significación simbólica que la significación sencilla sin la cual no puede existir ninguna obra de arte y que no sólo nos hace sentir el carácter incomprensible de la naturaleza, que así nos veja, sino que además nos la hace amar con cierto sentimiento de dulce asombro.

Cuando el pintor hubo pasado alrededor de dos horas trabajando, llamó a la puerta el criado, el cual, después de aguardar la distraída respuesta de su amo, penetró en la estancia con el desayuno. Depositó suavemente las jarras, la taza y el plato sobre la mesita, acercó a ella una silla, esperó en silencio un instante y anunció luego con precaución:

—Está servido, señor Veraguth.

—Ya voy —exclamó el pintor raspando con el pulgar una pincelada que acababa de dar en la cola del pez que saltaba en el aire—. ¿Hay agua caliente?

Se lavó entonces las manos y se sentó a la mesilla para beber el café.

—Alcánceme una pipa, Robert —dijo Veraguth alegremente—. Quiero la pequeña, esa que no tiene tapa; debe de estar en el dormitorio.

El criado salió a buscar el objeto pedido. Veraguth sorbió con vehemencia el café sintiendo que el leve mareo y la depresión nerviosa que a veces lo sobrecogían, después del esfuerzo mental realizado en su trabajo, desaparecían como las nieblas de la mañana.

Tomó la pipa de manos del criado, se hizo dar fuego y

aspiró con avidez el humo, cuyo aroma el gusto del café había hecho más intenso y refinado.

El pintor señaló su cuadro y dijo:

—Cuando joven, sin duda, usted habrá pescado, ¿no es así?

—Claro está, señor Veraguth.

—Observe usted ese pescado; no me refiero al que está saltando en el aire, sino al otro que aparece más abajo, ese que tiene la boca abierta. ¿Le parece que la boca está bien?

—Está muy bien —respondió Robert receloso—; pero ésa es cosa que usted sabe mejor que yo —añadió con cierto tono de reproche, como si hubiera advertido una intención de chanza en la pregunta de su amo.

—Pues se equivoca usted, Robert. El hombre, sólo en su primera juventud, alrededor de los trece o catorce años, vive las cosas en toda su plenitud y frescura, de modo que las experiencias de esa edad vienen a influir luego a lo largo de toda su vida. En mi juventud, nunca me interesaron los peces y por eso le pregunto si la boca de éste está bien delineada.

—Está perfectamente bien. No falta nada en ella —juzgó Robert con tono lisonjero.

Veraguth, que se había vuelto a poner de pie, examinaba atentamente su paleta. Robert lo contempló un instante. Bien conocía ese estado de concentración inicial del rostro del pintor que daba a su mirada un aspecto vidrioso, y sabía que ahora él mismo, el café, la breve conversación sostenida y todo cuanto rodeaba a Veraguth se estaban desvaneciendo rápidamente, de suerte que si dentro de unos pocos minutos le dirigiera la palabra, el pintor respondería como despertando de un profundo sueño. Pero era peligroso despertarlo en tales condiciones. Al levantar la mesa Robert advirtió que la pila de cartas llevadas por el correo del día no había sido tocada.

—¡Señor Veraguth! —dijo a media voz. El pintor era todavía accesible. Miró hostil e interrogante por sobre el hombro al criado, así como hubiera hecho alguien mor-

14

talmente cansado a punto de conciliar el sueño a quien se volviera a despertar con una palabra.

—Han llegado las cartas, señor Veraguth.

Habiendo dicho esto, Robert se apresuró a salir de la habitación. Veraguth aplastó nerviosamente una porción de azul de cobalto sobre la paleta, arrojó el pomo a la mesa cubierta con una chapa metálica donde se hallaban dispersos elementos de pintura y comenzó a mezclar los colores, pero sintiéndose molestado por la advertencia del criado terminó por hacer a un lado la paleta y tomar las cartas.

Se trataba de los consabidos asuntos relativos a sus negocios, una invitación para exhibir sus obras en cierta exposición, la redacción de un periódico que le solicitaba datos de su vida, una cuenta, ...mas de pronto, al percibir los rasgos bien conocidos de una letra manuscrita, sintió como un estremecimiento en el alma; tomó la carta en sus manos y leyó con placer su propio nombre y cada palabra de las señas, deleitándose en el examen de los trazos, libres, llenos de carácter de la escritura. Procuró leer los sellos de correo. La carta provenía de Italia; sólo podía ser de Nápoles o Génova; quería decir que el amigo estaba ya en Europa, muy cerca de él y que en pocos días podría estar en Rosshalde.

Emocionado, rasgó Veraguth el sobre y contempló, complacido, los menudos renglones bien ordenados y dispuestos en estricta línea recta. Pensó entonces que desde hacia cinco, seis años, si bien recordaba, estas raras cartas de su amigo que residía en el extranjero constituían las únicas alegrías puras que había experimentado fuera de su trabajo y de las horas de felicidad que le procuraba la presencia del pequeño Pierre. Y entonces, como le ocurría siempre que pensaba en tales cosas, sintió que en medio de su alborozada expectación por lo que la carta le traería, nacía en él un sentimiento de vergüenza a causa de la miseria de su vida, de su falta de amor. Se puso a leer atentamente:

Nápoles, 2 de junio (por la noche).

Querido Johann:

Como de costumbre, también hoy las primeras señales de la cultura europea a la que vuelvo a acercarme fueron unos tragos de Chianti con gordos macarrones y las vociferaciones de algunos mercachifles callejeros que pasan frente a la cantina. Aquí en Nápoles nada ha cambiado desde cinco años atrás; mucho menos, en todo caso, que en Singapur o Shanghai, de manera que me complazco en interpretar esta circunstancia como signo de que tampoco nada haya cambiado en casa y de que todo se hallará en orden. Pasado mañana llegaré a Génova, donde me espera mi sobrino; de allí viajaremos juntos; iré a visitar a mis parientes de quienes esta vez no puedo esperar que me reciban con exuberantes sentimientos de simpatía, ya que en estos últimos cuatro años, a decir verdad, no he llegado a ganar diez táleros. Calculo que para cumplir con los primeros compromisos de familia tendré que pasar entre ellos de cuatro a cinco días; luego marcharé a Holanda por razones de negocios, donde permaneceré, digamos otros cinco o seis días, de modo que alrededor del 16 podría estar contigo. Te telegrafiaré en todo caso la fecha precisa de mi llegada. Pienso quedarme en tu casa por lo menos de diez a catorce días; conque, ya lo sabes: he de molestarte en tu trabajo durante ese tiempo. Te has convertido en un personaje asombrosamente célebre, de manera que si fuera verdadero tan sólo la mitad de lo que solías decir hace veinte años sobre el éxito y las celebridades, tienes por fuerza que haberte anquilosado y momificado considerablemente. Quiero también comprarte algunos cuadros; de manera que la queja que te hice más arriba sobre mis malos negocios representa un intento de influir en ti acerca de los precios.

Nos hacemos viejos, Johann. Fue éste mi duodécimo viaje a través del Mar Rojo y por primera vez hube de sufrir verdaderamente del calor. Claro es que llegamos a tener una temperatura de 46 grados.

¡Dios, todavía faltan catorce días! Esto te va a costar una docena de botellas de buen Mosela. Hace ya más de cuatro años que las bebimos por última vez.

En suma, que estaré en Amberes entre el 9 y el 14; me alojaré en el "Hotel de l'Europa". En el caso de que se estén exponiendo cuadros tuyos en cualquiera de las ciudades por que haya de pasar en mi viaje, te ruego que me lo hagas saber. Tu

Otto.

Complacido, volvió Veraguth a leer otra vez la breve carta, cuyas letras y signos de puntuación vigorosamente trazados revelaban un carácter firme; sacó luego de un cajón de su pequeño escritorio un calendario y, examinándolo, hizo un gesto de asentimiento y satisfacción con la cabeza. Sí, hasta mediados del mes estarían expuestos en Bruselas veinte cuadros suyos y ello constituía una feliz circunstancia. En efecto, así el amigo, cuya aguda mirada temía un tanto Veraguth y a quien no podría ocultar el relajamiento moral en que había dado su vida en los últimos años, tendría a lo menos una primera impresión del pintor y podría sentirse orgulloso de él. Esta circunstancia lo simplificaba todo. Se representó la figura de Otto, con esa elegancia un poco grosera, propia de las gentes que habitan en lejanos países, y lo vio recorrer la sala de exposición de Bruselas y observar sus cuadros, sus mejores cuadros; celebró en el fondo de su corazón el haber consentido en exhibir sus obras en esa exposición, si bien tan sólo unos pocos eran los cuadros puestos en venta. Escribió en seguida un billetito a Otto.

"Se acuerda de todo", pensó agradecido; "es cierto que la última vez que estuvo aquí bebimos casi exclusivamente Mosela, y hasta recuerdo que una noche lo agotamos del todo". Reflexionando sobre ello cayó en la cuenta de que sin duda no habría ya ninguna botella de Mosela en la bodega que él mismo muy rara vez visitaba, y determinó mandar buscar inmediatamente una partida de ese vino.

Púsose entonces a trabajar de nuevo, mas se encontraba distraído y sentía una inquietud interior que le impedía alcanzar una concentración verdadera; espontáneamente se presentaban en su espíritu pensamientos relacionados con su amigo. Por fin dejó el pincel en una vasija, se metió en un bolsillo la carta de Otto y salió al aire libre con paso lento e indeciso. El lago se le presentó reluciente de vivos reflejos; era una mañana de verano en que el cielo lucía limpio y en el parque, penetrado por los claros rayos del sol, resonaban los gorjeos de innumerables pajarillos.

Veraguth miró su reloj. Ya debían haber terminado las lecciones que Pierre recibía por las mañanas. Se puso entonces a vagar por el parque, contempló distraídamente los pardos senderos que lo atravesaban en los que a las veces percibíanse manchas de la luz solar que había logrado atravesar el follaje, procuró escuchar los ruidos que provenían de la casa y, con el oído atento al piso superior, se llegó al lugar de los juegos de Pierre donde había un columpio y algunos montoncitos de arena. Por fin se aproximó al jardín situado en las proximidades de la cocina y observó con cierto interés las altas copas de los castaños de las Indias, entre cuyo denso y sombreado follaje apuntaban ya alegres y claros los botones. Enjambres de abejas volaban con tenue zumbido alrededor de los numerosos capullos a medio abrir de los rosales que formaban los setos del jardín; a través del umbrío ramaje de los árboles sonaron las campanadas del reloj de la torre de la residencia; sonaron a destiempo y Veraguth pensó que Pierre, que representaba todo su orgullo y el objeto de sus más caros sentimientos, cuando fuera mayor, habría de volver a ordenar ese viejo mecanismo de relojería.

De pronto oyó voces y pasos que provenían del otro lado del seto, sonidos que mezclados con el zumbido de las abejas y los trinos de los pájaros, con el aroma de los claveles y de las flores de haba resonaron dulces y suaves a la clara luz de la mañana. Eran su mujer y Pierre; Veraguth permaneció sin moverse prestando atento oído al rumor.

—Todavía no están a punto; tendrás que esperar aún un par de días —oyó que decía la madre a Pierre.

La voz del niño, al responder, sonó como un alegre

gorjeo y a Veraguth, por un fugaz instante, le pareció que la verde y apacible atmósfera del jardín y la alborozada y delicada voz infantil que retumbaba en la calma tensa de ese día de verano, provenían de aquel lejano jardín en que había transcurrido su propia niñez. Se acercó al seto y entre los sarmientos se puso a escudriñar el otro lado del jardín donde en seguida divisó a su mujer que, llevando un vestido mañanero, estaba de pie en medio de un caminillo inundado de sol y sostenía en la mano unas tijeras para cortar flores y en el brazo, una ligera cesta de color castaño. Apenas se hallaba a una distancia de veinte pasos del seto.

El pintor la contempló un instante. La elevada figura de la mujer, que mostraba en su rostro una expresión seria y desencantada, se inclinó sobre las flores, y las amplias alas de su sombrero de paja dejaron enteramente en la sombra su rostro.

—¿Cómo se llaman esas flores? —preguntó Pierre. La luz jugueteaba sobre sus cabellos castaños; las desnudas piernas del niño se destacaban a la claridad del día delgadas y morenas a causa del sol. Cuando se inclinó a su vez sobre las flores se mostró resplandeciente por la amplia abertura de su blusa, debajo del bronceado cuello, la blanca piel de la espalda.

—Claveles —dijo la madre.

—Sí, ya sé —continuó diciendo Pierre—; pero lo que quiero saber es cómo las llaman las abejas. En la lengua de las abejas tienen que tener también un nombre.

—Claro está, pero nadie puede saberlo; en todo caso, sólo las mismas abejas conocen ese nombre. Tal vez llamen a los claveles flores de la miel.

Pierre permaneció un momento pensativo.

—Eso no puede ser —resolvió por último—. En la flor de la alfalfa encuentran también las abejas con qué hacer su miel; y lo mismo en las margaritas. No es posible que tengan un solo nombre para todas las flores.

El niño miró con atención una abeja que revoloteaba alrededor del cáliz de un clavel; el animalillo, moviendo velozmente las alas, se mantuvo un instante inmóvil en el

19

aire y luego, ávido, penetró de pronto en la rosada concavidad de la flor.

"Flores de la miel", pensó desdeñoso Pierre permaneciendo callado. Ya había advertido desde tiempo atrás que no era posible saber nada sobre las cosas precisamente más bonitas e interesantes.

Detrás del seto, Veraguth seguía escuchando; contemplaba el tranquilo y severo rostro de su mujer y las hermosas y delicadas facciones de su hijo predilecto; al pensar en otros veranos en que también su primer hijo había sido un niño como éste, sintió que se le petrificaba el corazón. A ése ya lo había perdido, y también a la madre.

Al pequeño Pierre, empero, no iba a perderlo; estaba dispuesto a conservarlo a toda costa. Como un ladrón lo acechaba ahora desde el otro lado del seto, quería atraerlo hacia sí y retenerlo consigo; y si a pesar de todos sus esfuerzos el niño llegara a apartarse de él, Veraguth ya no sabría qué hacer con su vida.

Andando silenciosamente por una senda de césped el pintor se internó entre los árboles, dirigiéndose hacia su estudio.

"Nada he ganado con este paseo" pensó amargamente. Retornó entonces con energía a su trabajo; habiendo superado ese momentáneo desasosiego que poco antes le había hecho abandonar su labor y ayudado por la larga práctica de una disciplina ejercitada durante muchos años, volvió a encontrarse en la tensa disposición de ánimo propicia a su trabajo, que no le permitía desviación alguna de las fuerzas espirituales, sino que las enderezaba todas, concentradas, al punto deseado.

Como en la residencia se lo esperaba para el almuerzo, alrededor del mediodía el pintor abandonó su trabajo y comenzó a vestirse con esmero. Recién afeitado, habiéndose cepillado el cabello y vestido con un traje azul de verano no parecía, claro está, más joven, pero sí más fresco y elástico que con el descuidado traje que usaba para pintar. Ya tenía Veraguth en sus manos su sombrero de paja y ya se disponía a abrir la puerta del estudio para salir, cuando se presentó frente a ella Pierre. Veraguth se inclinó sobre la cabeza del niño y le besó la frente.

—¿Cómo te va, Pierre? ¿Estuvo muy severo el maestro?

—¡Oh, sí, si supieras qué aburrido es! Cuando narra un cuento, por ejemplo, no creas que lo hace para entretenerme, sino que hasta eso viene a ser también una lección; siempre se las arregla para sacar una conclusión; los niños buenos se comportan de tal o cual modo, etc. ¿Has pintado algo, papá?

—Sí, esos pescados, ya sabes. Pronto quedará el cuadro concluido; mañana podrás verlo.

Tomó entonces al niño de la mano y lo condujo fuera del estudio. Nada en el mundo le producía una sensación de tan tranquila felicidad, ni nada podía conmoverlo más hondamente que el sentir que caminaba junto a su hijito, que el saber que estaba acomodando su paso al pasito menudo del niño, que el sentir entre las suyas la ligera, confiada mano de la criatura.

Cuando dejaron a un lado el parque y se encontraron andando, bajo las delgadas ramas colgantes de los abedules del prado, el pequeño, mirando en torno suyo, preguntó:

—Papá, ¿es que las mariposas tienen miedo de ti?

—¿Por qué? Creo que no. No hace mucho una permaneció largo rato posada en mi mano.

—Sí, pero ahora no hay ninguna aquí. Cuando voy solo hasta tu estudio y paso por aquí encuentro siempre muchas, muchas mariposas en el camino; se llaman *azuladas*, eso lo sé muy bien, y ellas me conocen y me quieren. Siempre se me acercan, revolotean a mi alrededor y me acompañan. ¿Se les puede dar de comer a las mariposas?

—Claro está que sí; la próxima vez intentaremos hacerlo. Tendremos una gota de miel en la palma de la mano y con cuidado y sin hacer ruido la sostendremos en el aire hasta que lleguen a beber de ella las mariposas.

—¡Qué bien, papá! Tenemos que intentarlo. ¿Le dirás a mamá que me dé, entonces, un poco de miel? De esa manera sabrá ella que verdaderamente he de usarla y que no se trata de ninguna tontería.

21

El pequeño Pierre se adelantó corriendo, cruzó a la carrera el portal abierto de la casa y la amplia galería en cuya fresca penumbra el pintor, deslumbrado por la fuerte luz de afuera, buscaba aún a tientas el perchero para colgar su sombrero y la puerta del comedor, cuando el niño ya hacía rato que importunaba a la madre con sus instancias.

El pintor entró en el salón y tendió la mano a su mujer. Era ella algo más alta que Veraguth, poseía una figura vigorosa, saludable, pero falta de lozanía; cierto es que había dejado de amar a su marido, pero aún hoy la pérdida de su juventud y belleza le parecía una desgracia triste e incomprensible, una desgracia inmerecida.

—Podemos sentarnos en seguida a la mesa —dijo con su voz pausada—. Pierre, ve rápido a lavarte las manos.

—He aquí una nueva —dijo el pintor tendiendo a su esposa la carta de su amigo—. Otto vendrá muy pronto y espero que se quede aquí una buena temporada. ¿No te parece bien?

—El señor Burkhardt puede ocupar las dos habitaciones de la planta baja; allí nadie lo molestará y podrá entrar y salir a su gusto.

—Sí, eso está muy bien.

Titubeando se aventuró a decir la señora de Veraguth:

—Pensé que vendría más tarde.

—Ha emprendido el viaje muy temprano. Yo mismo no me enteré de ello hasta hoy. Pues bien, tanto mejor así.

—Quiere decir entonces que precisamente estará aquí cuando venga Albert.

Al oír el nombre de su hijo mayor, el rostro de Veraguth perdió el tenue brillo de satisfacción que lo inundaba y su voz se hizo fría.

—¿Qué pasa con Albert? —exclamó nerviosamente—. ¡Si pensaba hacer un viaje al Tirol con un amigo!

—No creí necesario decírtelo antes, pero es el caso que ese amigo, habiendo sido invitado por un pariente, desistió de hacer la excursión a pie con Albert que vendrá cuando comiencen sus vacaciones.

—¿No sabes si piensa permanecer aquí todo ese tiempo?

—Creo que sí. Claro está que yo misma podría hacer un viaje con él por unas dos o tres semanas, pero eso sería incómodo, me parece, para ti.

—¿Por qué? Yo me encargaría de Pierre.

La señora de Veraguth se encogió de hombros.

—Te ruego que no volvamos a renovar esta cuestión. Bien sabes que no puedo dejar a Pierre solo aquí.

El pintor se encolerizó.

—¡Solo! —exclamó secamente—. No estará solo puesto que estará conmigo.

—No puedo dejarlo aquí y, por lo demás, no quiero. Es inútil que volvamos a disputar a causa de este asunto.

—¡Ah! Di sencillamente que no quieres.

Como en ese momento volvía Pierre, Veraguth guardó silencio y en seguida fueron todos a la mesa. Se sentó el niño entre los dos seres, extraños el uno para el otro, que lo servían y atendían cada uno por su lado, según era costumbre; el padre procuró prolongar lo más posible el almuerzo, porque pasado éste, Pierre se quedaría junto a su madre y sin duda ese día el pequeño ya no volvería a visitarlo a su estudio.

Capítulo II

Hallábase Robert en un cuartito contiguo al estudio, ocupado en lavar una paleta y un manojo de pinceles. A través de la puerta abierta se presentó el pequeño Pierre, el cual permaneció de pie observando curiosamente los movimientos del doméstico.

Al cabo de un rato, dijo:

—Éste es un trabajo asqueroso y sucio. Claro está que pintar es algo muy lindo, pero yo nunca seré pintor.

—No sé, piénsalo bien —aconsejó Robert—, puesto que tu padre es un pintor tan famoso.

—No —dijo resueltamente Pierre—, no sería trabajo que me gustara. Para pintar tiene uno que pasarse todo el tiempo sucio; y además, ¡es tan fuerte y desagradable el olor de las pinturas! Me gustan cómo huelen los colores, por ejemplo, en un cuadro recién hecho colgado en la pared de una habitación; allí el olor de la pintura es suave; pero en el estudio el olor es demasiado fuerte y me provoca dolor de cabeza.

El criado observó atentamente a Pierre. A decir verdad habría querido expresar la opinión que le merecía este niño mimado, porque tenía mucho que censurarle. Pero cuando Pierre se hallaba en su presencia y cuando lo miraba a los ojos, no encontraba nada que decir. Era el pequeño tan hermoso, tan serio y lozano, que su vista suscitaba la impresión de que todo en él era perfecto, de suerte que su aire de indolencia señorial o su precocidad constituían rasgos que le sentaban admirablemente bien.

—¿Qué querrías llegar a ser entonces? —preguntó Robert un tanto severo.

Pierre bajó su vista al suelo y se quedó meditando un instante.

—¡Ah! No quisiera ser nada determinado, ¿sabes? Ahora me conformaría con que hubiera terminado ya el período de la escuela. Durante el verano querría llevar sólo trajes blancos y zapatos también blancos; te aseguro que nunca verías en ellos la mancha más pequeña.

—Sí, sí —dijo Robert—. Eso dices ahora; pero no hace mucho, cuando ibas vestido de blanco, te presentaste con las ropas cubiertas de grandes manchas de pasto y de cerezas; además, habías perdido tu sombrero, ¿recuerdas?

Pierre asumió una actitud fría. Cerró los ojos hasta formar con sus párpados una delgada línea y miró a través de sus largas pestañas al criado.

—En su oportunidad mamá me dio ya una reprimenda —dijo lentamente—; de manera que no creo que te haya encargado a ti que me lo hagas presente ahora y que me mortifiques con eso.

Robert cambió en seguida de actitud y preguntó:

—¿De modo que querrías llevar siempre ropa blanca? ¿Y nunca la mancharías?

—Sí, eso mismo. Pero tú no me entiendes. Por supuesto que también me echaría a rodar por el césped o por el prado de alfalfa; o saltaría por encima de las charcas o treparía por las ramas de los árboles. Naturalmente, no dejaría de hacer todo eso; sólo que aun cuando me portara como un niño travieso y revoltoso y me desenfrenara un poco, nadie me echaría una reprimenda. Sencillamente iría yo a mi habitación, en silencio, me quitaría la ropa sucia y en su lugar me pondría otro traje limpio, blanco, y ya quedaría otra vez, entonces, bien vestido. ¿Sabes, Robert? Yo creo que en el fondo las reprimendas no aprovechan nada.

—Eso podría convenirte, ¿no? ¿Y por qué no?

—Sí, mira; cuando uno ha hecho algo malo, algo que no está bien, uno mismo se da cuenta de ello y termina por avergonzarse. Cuando me echan una reprimenda te aseguro que me avergüenzo mucho menos. Y a veces ocurre que me reprenden sin que haya hecho nada malo, sencillamente por no aparecer justo en el momento en que me llaman o porque mamá está de mal humor.

—Lo que tienes que hacer es calcular el modo de que puedas portarte mal con la seguridad de que nadie te vea; entonces tampoco nadie te reprenderá —dijo Robert riendo.

Pierre no respondió. Siempre ocurría lo mismo. Cada vez que uno se sentía impulsado a conversar con una persona mayor sobre lo que verdaderamente pensaba de las cosas, el asunto terminaba invariablemente en un desencanto o en una humillación.

—Quisiera ver otra vez el cuadro —dijo Pierre en un tono que de pronto puso de manifiesto la distancia que mediaba entre él y el criado, de suerte que Robert no pudo establecer si se trataba de una orden del amo o de un ruego—. Vamos, déjame entrar un momento en el estudio.

Robert obedeció. Abrió las puertas del estudio; hizo pasar a Pierre y él mismo se introdujo luego en la habitación, pues tenía severamente prohibido dejar entrar a nadie solo en el estudio.

Sostenido por el caballete que ocupaba el centro de la espaciosa habitación y encuadrado en marco provisional dorado, veíase el nuevo cuadro de Veraguth. Pierre se plantó frente a él; Robert permaneció de pie y callado detrás del niño.

—¿Te gusta, Robert?

—Desde luego que me gusta. Sería verdaderamente un tonto si no me gustara.

Pierre examinó atentamente el lienzo.

—Creo —dijo pensativamente— que si me presentaran muchos cuadros de distintos autores, yo reconocería inmediatamente los hechos por papá. Me gusta mirar cuadros, en especial cuando sé que los ha pintando papá. Pero, a decir verdad, sus obras me gustan sólo a medias.

—¡No digas sandeces! —exclamó Robert enteramente escandalizado, mirando con una expresión de profundo reproche al niño que permanecía inmóvil frente al cuadro que no dejaba de contemplar.

—Mira —dijo por fin Pierre—, en casa hay unos cuadros antiguos que me gustan mucho más que éste. Algu-

26

na vez espero que los pongan en mi cuarto. Por ejemplo, hay uno que representa un paisaje de montaña en el momento de ponerse el sol; todo está allí teñido de rojo y oro y se ven hermosos niños, señoras y flores. ¿No te parece que ese espectáculo es más bello que el que ofrecen este viejo pescador que ni siquiera tiene una cara agradable y esta barca negra, aburrida?

Robert, que compartía interiormente por completo la opinión de Pierre, se maravilló de la franqueza del niño que no pudo menos que acoger con íntima alegría. Sin embargo, no se atrevió a aceptar abiertamente el parecer de Pierre.

—Lo que ocurre es que no lo comprendes bien —dijo brevemente—. Ven, que tengo que cerrar.

En ese momento se percibió, proveniente de los alrededores de la casa principal, un ruido sordo y chirriante.

—¡Un automóvil! —exclamó alegremente el pequeño saliendo del estudio; corrió veloz bajo la sombra de los castaños tomando un atajo que cortaba más allá de los espacios cubiertos de césped y saltó por sobre los arriates de flores.

Jadeante llegó por fin a la plazoleta de guijo que había frente a la entrada principal en el momento preciso en que descendían de un automóvil su padre y un señor desconocido.

—Hola, Pierre —exclamó Veraguth tomándolo entre sus brazos—. Aquí tienes a un tío que acaba de llegar y a quien nunca conociste. Estréchale la mano y pregúntale de dónde viene.

Pierre miró al desconocido directamente a los ojos. Tendió luego su mano al hombre y, sin dejar de clavar su vista en el rostro bronceado y en los ojos claros, grises, sonrientes, dijo obediente:

—¿De dónde vienes, tío?

El desconocido le tomó los brazos.

—¿Sabes que me resulta muy difícil responderte, hijo? —dijo por fin el hombre con un suspiro, apartando sus manos de los brazos de Pierre—. ¿De dónde vengo? Pues, de Génova; y antes, de Suez; y antes, de Adén; y antes, de...

—¡Oh, ya sé, de la India, lo sé, lo sé! Tú eres entonces el tío Otto Burkhardt. ¿Me has traído algún tigre o algunos cocos?

—El tigre se me escapó una vez que lo hube cazado; pero cocos sí te he traído y también conchas y libros chinos con estampas.

Atravesaron todos la gran puerta de entrada y Veraguth condujo a su amigo a través de la escalinata, apoyando suavemente una mano sobre el hombro de Otto que era algo más alto que él. Cuando llegaron a la galería les salió al encuentro la señora de la casa, que saludó con una cordialidad mesurada pero sincera al huésped, cuyo rostro alegre y sano le hizo recordar los felices tiempos idos. Otto Burkhardt retuvo un instante las manos de ella entre las suyas, mientras la miraba al rostro.

—Los años no han pasado para usted, señora de Veraguth —dijo cortésmente—; se ha conservado usted mejor que Johann.

—Y usted es verdaderamente inmutable —dijo ella con tono amistoso.

Otto rió.

—¡Oh! El exterior sigue mostrándose floreciente, pero la verdad es que poco a poco el tiempo ha ido minándome también a mí. Por lo demás, continúo siendo soltero.

—Espero que esta vez venga usted decidido a buscar esposa.

—No, señora; he ahí algo que no haré, pues para eso se me ha pasado el tiempo. Por otra parte, no quisiera tener que renunciar a los viajes que hago a esta hermosa Europa. Usted sabe que tengo parientes ricos y que gracias a ellos logro desenvolverme. Con una mujer ya no podría volver como lo hago ahora.

Habían servido el café en el salón de la señora de Veraguth. Bebieron café y licor y charlaron durante una hora sobre el viaje de Otto, de las plantaciones de caucho, de las porcelanas chinas. Al principio, el pintor se mostró un tanto cohibido y silencioso, pues hacía ya muchos meses que no entraba en las habitaciones de su mujer. Pero luego se animó, la presencia de Otto parecía haber inundado la casa con una atmósfera alegre, jovial, casi infantil.

—Creo que a mi mujer le gustaría ahora descansar un rato —dijo por fin Veraguth—. Te llevaré a tu habitación, Otto.

Se despidieron de la señora de la casa y se dirigieron entonces a las habitaciones destinadas al huésped. Veraguth había arreglado personalmente dos aposentos para su amigo, se había ocupado de disponerlo todo, había pensado en todo, desde la distribución de los muebles hasta la elección de los libros que había puesto en el estante. Sobre la cabecera del lecho estaba colgada una antigua fotografía; ya pálida; se trataba de un cuadro, conmovedor en su gracejo, de los alumnos del colegio a que habían asistido ambos amigos. El huésped, que al entrar ya la había distinguido, se acercó para contemplarla.

—¡Pero, si aquí estamos todos los de entonces cuando teníamos dieciséis años! —exclamó, gratamente sorprendido—. ¡Eres conmovedor, querido! ¡Hacía veinte años por lo menos, que no veía esta foto!

Veraguth sonreía.

—Sí, pensé que te gustaría verla. Espero que encuentres aquí todo cuanto necesites. ¿Quieres deshacer ya las maletas?

Burkhardt se sentó en un gigantesco baúl de viaje con cantos de metal y miró a su alrededor con aire satisfecho y contento.

—Es muy bonito y cómodo todo esto. Y ¿dónde vives tú? ¿Aquí al lado? ¿O arriba?

El pintor se puso a juguetear con la manija de una maleta de cuero.

—No —dijo suavemente—; ahora vivo allá, en el estudio. Hice construir allí una habitación.

—Luego tendrás que mostrármela. Pero... ¿es que también duermes allí?

Veraguth abandonó la valija y se irguió.

—Sí, también duermo allí.

Su amigo, sin decir nada, se quedó pensativo. Luego sacó del bolsillo un grueso manojo de llaves que movió ruidosamente de un lado a otro.

—Vamos a desempacar ya, ¿quieres? Ve a buscar al niño porque estoy seguro de que le gustará ver lo que sacamos de los baúles.

Veraguth salió rápidamente de la habitación y a poco volvió con Pierre.

—Tienes hermosos baúles, tío Otto; ya los estuve observando. ¡Y cuántas papeletas tienen! Leí algunas. En una de ellas dice Penang. ¿Qué significa la palabra Penang?

—Es el nombre de una ciudad de Indochina que yo muchas veces hube de visitar. Presta atención, ahora; ayúdame a abrir esto.

Burkhardt dio al niño una llave chata de cuatro dientes e hizo que éste la introdujera en la cerradura de un gran baúl. Luego levantaron los dos la tapa y lo primero que se presentó a su vista fue un cesto vuelto hacia abajo, de finísima factura malaya; una vez que lo hubieron despojado de los papeles que tapaban la boca, pudieron ver en su interior, entre papelitos y trapos, las más hermosas y fantásticas caracolas y conchas del mundo, como aquellas que sólo pueden adquirirse en los puertos exóticos de Oriente.

Pierre recibió el regalo conmovido y feliz, a tal punto que no acertó a decir palabra; a las conchas siguió un gran elefante tallado en madera y un juego chino que presentaba figuras de madera móviles y grotescas; y por último, un rollo de pergamino de colores chillones, cubierto de estampas chinas de dioses, demonios, reyes, guerreros y dragones.

Mientras Veraguth ayudaba al niño a sostener todas esas cosas, Burkhardt abrió su valija y comenzó a distribuir por el dormitorio pantuflas, ropa blanca, cepillos, etc. Luego, volviéndose hacia Veraguth y su hijo exclamó animadamente:

—Basta por hoy de trabajo. Que venga ahora el descanso y el placer. ¿Podríamos ir ya a tu estudio?

Pierre observaba atentamente a los dos hombres y consideraba asombrado el rostro alegre, movedizo y rejuvenecido de su padre.

—¡Qué contento estás, papá! —dijo.

—Claro está —asintió Veraguth.

Mas su amigo preguntó:

—¿Es que no siempre está tan alegre?

Pierre pasó, perplejo, su mirada de uno a otro.

—No sé —expresó por último vacilante. Pero luego rompió a reír, y dijo categóricamente:

—No, nunca te he visto tan contento.

Pierre salió de la habitación llevándose la cesta con las conchas orientales. Otto Burkhardt, asiendo a su amigo de un brazo, salió con él al aire libre. Recorrieron el parque y llegaron por fin al estudio del pintor.

—Sí, veo que has hecho edificar —exclamó apenas hubo divisado las construcciones—; parece muy bonita. ¿Cuándo hiciste levantar esto, Johann?

—Hace aproximadamente tres años, según me parece. El estudio mismo ha quedado también más amplio.

Burkhardt examinaba todo cuanto lo rodeaba.

—¡El lago es impagable! Por la tarde podríamos nadar un poco, ¿qué te parece? Es muy hermoso todo esto. Pero ahora vamos a ver el estudio. ¿Tienes allí cuadros nuevos?

—No muchos. Hay uno, empero, que terminé precisamente anteayer. Ya verás; creo que es bueno.

Veraguth abrió las puertas de la espaciosa estancia. La elevada sala de trabajo estaba escrupulosamente limpia, el piso brillaba y todo se encontraba ordenadamente dispuesto. En el centro del cuarto erguíase, solitario, el cuadro. Veraguth y Otto Burkhardt permanecieron en silencio frente a él. La espesa atmósfera, fría y húmeda, del lluvioso y turbio amanecer contrastaba fuertemente con la luz clara y el aire cálido penetrado por los rayos del sol que a través de las puertas abiertas invadían la sala.

Durante un largo rato se quedaron ambos amigos contemplando el cuadro.

—¿Es esto lo último que has hecho?

—Sí. Hay que cambiarle el marco. Fuera de eso creo que ya no tengo otra cosa que hacer en él. ¿Te gusta?

Los amigos se miraron un instante a los ojos silenciosos y escrutándose recíprocamente. Burkhardt, más alto y vigoroso, con su rostro saludable y sus cálidos ojos colmados de la alegría de vivir, estaba cual un niño grande frente al pintor cuya mirada y cuyo rostro agudo y severo se destacaban de los cabellos prematuramente encanecidos.

—Éste es quizás tu mejor cuadro —dijo lentamente el huésped—. También en Bruselas vi cuadros tuyos y dos en París. No creía que en estos años podrías continuar avanzando como lo has hecho.

—Me alegra que así te parezca. Yo también creo que he progresado. Estuve bastante activo, me apliqué duramente al trabajo; muchas veces pienso que antes no era sino un *dilettante*. Sólo más tarde aprendí realmente a trabajar; ahora me parece que estoy en posesión de todos los secretos y que no podré ir mucho más lejos, es decir, que pueda hacer algo mejor de lo que ya he hecho.

—Comprendo. Pero el caso es que te has convertido en un personaje sumamente célebre; oí hablar de ti hasta en nuestros viejos vapores que llegan al Extremo Oriente; te aseguro que me sentí muy orgulloso de ser tu amigo. ¿Cómo se siente uno con la celebridad? ¿Estás contento?

—No diré contento; simplemente me parece que es lo que corresponde. Viven hoy dos, tres, digamos cuatro pintores que tal vez pudieran valer más que yo o que pudieran crear algo mejor de lo que yo he hecho. Nunca me consideré entre los verdaderamente grandes; naturalmente que lo que dicen los literatos sobre mí no son sino disparates. Tengo derecho a que se me tome en serio; el que se me considere seriamente me basta y es todo cuanto anhelo a este respecto. Todo lo demás es fama vana o una cuestión de dinero.

—Sí, claro es. Pero, ¿qué entiendes tú por pintores verdaderamente grandes?

—Sí, mira. Son, digámoslo así, como los reyes y príncipes. Nosotros seríamos como sus ministros o generales.

¿Comprendes? A nosotros no nos queda otro recurso que aplicarnos con ahínco al trabajo y tratar de aprehender la naturaleza del modo más profundo y serio que nos sea posible. Los reyes, empero, son hermanos y camaradas de la naturaleza, de suerte que juegan con ella y hasta pueden crearla, en tanto que nosotros sólo podemos imitarla. Pero, desde luego, los reyes aparecen muy rara vez; apenas si viene uno cada cien años.

Veraguth y Otto se paseaban arriba y abajo por el estudio. El pintor, buscando sus palabras, mantenía fija en el suelo la mirada; el amigo, que lo acompañaba en su andar, procuraba leer en el delgado y moreno rostro de Johann en el que se destacaban fuertemente los huesos.

Al llegar en un momento a la puerta de la estancia contigua, Otto se detuvo.

—Abre esta puerta —pidió a su amigo— y déjame ver tu dormitorio. Dame un cigarro, ¿quieres?

Veraguth abrió la puerta y ambos hombres transponiéndola entraron en la estancia contigua dividida en dos habitaciones pequeñas. Burkhardt encendió un cigarro, penetró en el dormitorio del pintor, contempló su lecho y recorrió con su mirada atenta las dos sencillas habitaciones en las que por todas partes se veían diseminados útiles de pintura, pipas, ceniceros. El conjunto daba más bien una impresión de modestia rayana en la estrechez y hablaba de una vida ascética y de trabajo; parecía la pequeña vivienda de un joven soltero, pobre y trabajador.

—¿De modo que te has instalado aquí? —dijo Burkhardt secamente. Pero su ojo de amigo bien veía y sentía lo que había pasado en el interior de ese cuarto durante los últimos años. Con satisfacción miró los objetos que le hablaban de deportes, gimnasia, cabalgatas, y preocupado notó la falta de todo signo de cómodo bienestar, de momentos de placentero ocio.

Luego los dos amigos volvieron al estudio. De manera que era aquí donde nacían esos cuadros que en todas partes ocupaban sitio de honor en exposiciones y galerías de arte y que se pagaban a subidos precios; nacían aquí en la fría estancia que no conocía otra cosa que trabajo y renunciamiento, donde no había un solo signo festivo, nada que no fuera útil, ningún adorno o chuchería, ningún aroma de vino o de flores, ningún recuerdo de mujer.

Sobre la cabecera del lecho estaban clavadas en la pared, sin marco alguno, dos fotografías, una del pequeño Pierre y la otra de Otto Burkhardt; éste, al advertirla, experimentó un sentimiento de orgullo. Se trataba de una mala fotografía de aficionado que mostraba a Otto Burkhardt con su casco tropical de corcho frente a la veranda de su casa de la India; de medio cuerpo para abajo interrumpíase bruscamente la imagen que quedaba nublada por fuertes rayas blancas a causa de la luz que había velado el negativo.

—¡Tu estudio se ha convertido en un hermoso lugar de trabajo! Pero, sobre todo, ¡qué activo has estado en estos últimos años! ¡Dame tu mano, hijo; cuánto celebro volver a verte! Pero ahora me siento algo cansado; de modo, que desapareceré por una horita. ¿Quieres que nos encontremos más tarde para nadar o dar un paseo a pie? Está bien, gracias. No, no necesito nada; dentro de una hora estaré nuevamente *all right*. Hasta luego.

Entonces se internó con decididos movimientos entre los árboles, y Veraguth pudo comprobar hasta qué punto la figura del amigo, su paso y hasta la más pequeña arruga de su traje, manifestaban seguridad y tranquila alegría de vivir.

Otto Burkhardt llegó a la residencia, pero en lugar de dirigirse a sus habitaciones subió por la escalera y golpeó a la puerta del salón de la señora de Veraguth.

—¿La molesto? ¿O bien podríamos charlar un ratito?

La señora de la casa sonrió; y esta breve y poco diestra sonrisa parecióle a Otto, en el rostro grave y vigoroso de la mujer, singularmente desamparada.

—Rosshalde es un lugar magnífico. Ya estuve recorriendo el parque y vi el lago. ¡Qué desarrollado está Pierre! Es tan bonito y lozano que casi me hace sentir mi estado de hombre soltero.

—¿No es verdad? Tiene muy buen aspecto. ¿Lo encuentra usted parecido a mi marido?

—Un poco sí, o mejor dicho, mucho más que un poco. No llegué a conocer a Johann a la edad de Pierre, pero me imagino muy bien el aspecto que tendría a los once o doce años. Por lo demás, parece ahora algo cansado. ¿Cómo? No, estoy hablando de Johann. ¿Es que en estos últimos tiempos ha estado trabajando quizá excesivamente?

La señora Adele lo miró fijamente a los ojos; experimentaba el sentimiento de que Otto pretendía explorarla.

—Creo que sí —dijo con calma—; Johann habla muy rara vez de su trabajo.

—¿Qué es lo que pinta ahora? ¿Paisajes?

—Trabaja a menudo en el parque, las más de las veces con modelos. ¿Ha visto últimamente cuadros suyos?

—Sí, los de Bruselas.

—¡Ah! De modo que ha expuesto en Bruselas?

—Ciertamente. Expuso allí una cantidad considerable de cuadros. Me traje el catálogo de exposición. Porque la verdad es que quiero adquirir uno de ellos y desearía conocer la opinión que usted tiene de él.

Otto Burkhardt le alargó el folleto y señaló una pequeña reproducción de un cuadro. La señora Adele contempló atentamente la figura, recorrió las páginas del folleto y se lo devolvió al hombre.

—En este asunto no puedo ayudarlo, señor Burkhardt; tendrá usted que decidir por sí mismo porque no conozco el cuadro. Creo que Johann lo pintó el año pasado en los Pirineos; pero aquí nunca lo vi.

Hizo una pausa; y luego, cambiando de tema, prosiguió:

—Le ha hecho usted unos hermosos regalos a Pierre. Le agradezco mucho su gentileza.

—¡Oh! No son más que cosas insignificantes. Espero que me permita usted ofrecerle también algún regalo del Asia. ¿Quiere usted? He traído unas telas que quisiera mostrarle; usted misma escogerá la que más le guste.

Gracias a su modo jovial y a sus galantes palabras había conseguido arrancar a la señora de la casa de su cortés circunspección y lograr que se animara.

Salió Burkhardt y a poco volvió llevando entre sus brazos una gran cantidad de telas de la India y géneros malayos, piezas tejidas a mano; desplegó sedas y encajes sobre los respaldos de las sillas; hablando con vivacidad contó cómo había descubierto esta pieza, y aquélla de más allá, cómo las había obtenido casi por nada; explicó cómo se las fabricaba e invitó a la mujer de su amigo a que ella misma extendiera las telas más hermosas, a que las examinara bien, a que las palpara, rogándole por último que se quedara con ellas.

—Pero no —exclamó la señora Adele riendo—; lo dejo reducido a la miseria. No puedo aceptar todo esto.

—No se preocupe usted —dijo a su vez Otto riendo también—. Acabo de hacer plantar seis mil árboles de caucho, de manera que pronto he de convertirme en un verdadero nabab.

Cuando llegó Veraguth para buscar a su amigo, lo encontró, con gran sorpresa, conversando con su mujer en una atmósfera llena de alegría. Maravillado, observó que también ella se había vuelto locuaz, de modo que intentó, aunque en vano, intervenir en la charla; lo hizo torpemente al expresar algo sobre los regalos, que en verdad lo admiraban.

—No tienen importancia; son sólo cosas de mujeres —exclamó su amigo—; ¡ahora vamos a darnos un baño!

Entonces salieron ambos al parque.

—Verdaderamente, en tu mujer apenas se advierten los años pasados desde que la vi por última vez —comenzó a decir Otto mientras marchaban—. Me parece que quedó complacida con los regalos. En suma, que todo está en regla en tu casa. Todavía falta tu hijo mayor. ¿Qué es de él?

El pintor se encogió de hombros y frunció las cejas.

—Ya lo verás. Vendrá uno de estos días, como te lo comuniqué en mi carta.

Y de pronto se detuvo, se inclinó levemente hacia su amigo fijando su mirada en los ojos de éste y le dijo:

—Lo verás todo, Otto. No tendré necesidad alguna de hablar sobre esto. Ya lo verás. ¡Quiero que estemos todos contentos en tanto dure tu permanencia aquí!, ¿sabes?

Vamos ahora al estanque; quiero disputar contigo una carrera de natación como en los tiempos en que éramos adolescentes.

—Vamos, sí —asintió Burkhardt que parecía no advertir la nerviosidad de su amigo—. Y claro está que me ganarás, querido, cosa que no siempre ocurría antes. Es una desgracia, pero la verdad es que, en efecto, mi abdomen ha crecido considerablemente.

Ya había caído la tarde. El lago estaba enteramente envuelto en sombras; arriba, en las copas de los árboles jugueteaba una tenue brisa, y bajo la estrecha isla de cielo azul que dejaba libre el espacio del agua del lago, volaban leves nubecillas de color violáceo, todas de la misma forma y color, dispuestas en apretadas hileras gemelas, afiladas y alargadas como las hojas de sauce. Los dos hombres llegaron frente a la caseta de baño escondida entre matorrales, cuyo cerrojo no consiguieron hacer mover.

—Dejemos esto —exclamó Veraguth—. Está enmohecido. Nosotros nunca usamos la caseta.

Comenzó entonces a desnudarse y Burkhardt siguió su ejemplo. Cuando, ya listos para arrojarse a nadar se acercaron a la orilla del lago e introdujeron la punta del pie en el agua tranquila y en sombras para probar su temperatura, ambos hombres se sintieron invadidos, en el mismo momento, por un hálito dulce y feliz que les llegaba desde los días lejanos de su primera juventud; permanecieron unos minutos así, gustando el leve escalofrío, ese delicioso estremecimiento que precede al baño mientras sus almas se abrían lentamente al caudal verde y claro de los tiempos estivales de su juventud, de suerte que callados y entregados a esa dulce emoción no acostumbrada, sumergían, a medias turbados los pies en el agua y miraban cómo se extinguían rápidamente los semicírculos que se formaban intermitentemente en el espejo verdoso y oscuro del agua.

De pronto, Burkhardt se internó decidido y rápido en el lago.

—¡Ah! ¡Qué bien! —suspiró con satisfacción—. Por lo demás todavía se nos puede ver, y haciendo abstracción de mi abdomen me parece que somos aún dos apuestos buenos mozos.

Nadó un momento sacando las manos fuera del agua, se preparó para zambullirse y, por último, se sumergió enteramente.

—Tú mismo no sabes lo bueno que posees— exclamó con envidia al salir nuevamente a la superficie—. A través de mis plantaciones corre en la India el más hermoso de los ríos, sólo que si metes en él un pie ya no lo verás más. Está infestado de los malditos cocodrilos. Pero nademos, ¿quieres?, hasta aquella escalera que se ve allá y volvamos luego hasta aquí... ¿Estás de acuerdo? Pues vamos: ¡uno... dos... tres!

Comenzaron la carrera ruidosamente, con los rostros llenos de risa y guardando un ritmo acompasado y vigoroso en las brazadas; todavía soplaba sobre ellos el hálito de los jardines de su juventud y comenzaron a competir seriamente; los rostros se pusieron tensos, relucientes los ojos, y los brazos, en sus precisos y amplios movimientos brillaban al salir del agua. Llegaron al mismo tiempo a los peldaños de la escalera, juntos dieron la vuelta y emprendieron por el mismo camino el regreso; en un instante, el pintor con vivo ímpetu se adelantó un tanto, conservó luego esa ventaja y llegó poco antes que su amigo al punto de donde habían salido.

Respiraron jadeantes y frotándose los ojos permanecieron en el agua quietos, riendo uno del otro y silenciosos y felices; y entonces a ambos les pareció que sólo en ese momento eran de nuevo los viejos camaradas de antes y que sólo ahora comenzaba a desaparecer ese pequeño pero inevitable abismo que se crea con el tiempo entre dos seres que por no tratarse asiduamente se consideran un tanto extraños.

Ya nuevamente vestidos, con los rostros frescos y entregados a una sensación de serena felicidad, se sentaron ambos amigos en los lisos peldaños de la escalera que bajaba hasta las aguas del lago. Miraron largo rato por encima del espejo del agua que se perdía a la luz del crepúsculo, ya casi negro, más allá de la bahía oval circundada de árboles; comieron luego gordas y rojas cerezas que arrebataron apresuradamente de las manos del criado que se las llevaba y con el corazón ligero se quedaron contemplando la llegada de la noche hasta que el sol, profundamente hundido en el horizonte, encendió fuego de oro a través de los troncos en follaje de los árboles y en las vidriosas alas de las libélulas. Y pasaron más de una hora conversando sin pausa y sin notarlo sobre la época en que ambos eran colegiales, de los maestros, de sus compañeros de entonces y sobre lo que había sido de cada uno de ellos.

—¡Dios santo! —dijo Otto con su voz tranquila y fresca—, ¡cuánto tiempo hace que pasó todo aquello! ¿No sabes qué ha sido de Meta Heilemann?

—¡Ah! ¡Sí, Meta Heilemann! —exclamó curioso Veraguth—. Era, en verdad, una muchacha hermosa. Todas mis carpetas de la escuela estaban llenas de retratos suyos que yo, durante las horas de clase, dibujaba a hurtadillas en las hojas. Nunca llegué a representar bien su cabello. ¿Te acuerdas? Llevaba dos gruesos rodetes a ambos lados de la cara.

—¿No sabes nada de ella?

—Nada. Cuando volví la primera vez de París estaba para casarse con un abogado. La encontré en la calle con un hermano suyo, y sólo yo sé hasta qué punto me enfurecí conmigo mismo, porque habrás de saber que apenas la vi me puse encarnado y que a pesar de mis bigotes y de la desenvoltura parisiense, me comporté de nuevo como un pequeño colegial azorado. ¡Y sólo porque se llamaba Meta! No pude resistir el efecto de su nombre.

Burkhardt meció soñadoramente su redonda cabeza.

—No estabas suficientemente enamorado, Johann. Para mí, Meta era magnífica; que se llamara Meta o Eulalia, ello no tiene importancia; por una mirada suya me habría arrojado sin vacilar al fuego.

—¡Oh! ¡Yo también estaba muy enamorado! Una vez, al salir de la escuela a las cinco, hube de retrasarme deliberadamente para ver a Meta; yo estaba solo y no pensaba en otra cosa que en ella, de modo que me tenía sin cuidado llegar tarde de vuelta al colegio y que por ello se me castigara; de pronto diviso a Meta que viene hacia mí, bordeando la pared. Venía del brazo de una amiga; inmediatamente me representé lo bello que sería estar yo en el lugar de esa amiga, tomado así de su brazo y en tal proximidad, pero me sobrevino al punto tal turbación ante semejante pensamiento que permanecí un buen rato inmóvil como una estatua y apoyado en la pared; cuando por fin volví al colegio, el portón estaba ya cerrado; tuve que llamar y me aplicaron una hora de penitencia.

Burkhardt sonreía y pensaba en que ya muchas veces en sus raros encuentros, él y Veraguth habían recordado a aquella Meta. Antes, en su juventud primera cada cual había ocultado con todo cuidado y astucia su amor por la muchacha, y sólo después de años, cuando ya eran hombres, habían descorrido el velo ocasionalmente y se habían ido revelando sus respectivos sentimientos. Y sin embargo, aún hoy había algunos secretos entre ellos. Otto Burkhardt recordó que en aquellos tiempos había conservado y reverenciado durante meses un guante de Meta que había encontrado o, mejor dicho, robado, guante del que su amigo aún hoy no sabía nada. Dudó un instante sobre si no sería éste el momento oportuno de revelar a Veraguth tal historia, pero terminó por sonreír maliciosamente y callar, pues le parecía encantador guardar para sí todavía un tiempo ese pequeño recuerdo, el último que le quedaba por compartir.

Capítulo III

Hallábase Burkhardt cómodamente sentado en un amarillo sillón de mimbre, con la cabeza cubierta por un sombrero de Panamá un poco echado hacia atrás; sostenía en sus manos una revista que leía fumando a la clara luz del sol que penetraba en el pequeño cenador que se erguía hacia el lado oeste del estudio; cerca de Burkhardt, encogido en una sillita plegadiza y baja, y frente a un caballete, encontrábase Veraguth. Sobre el lienzo se veía ya perfectamente delineada la figura del lector; las grandes manchas de color se destacaban nítidas y todo el cuadro estaba inundado de una atmósfera gozosa, de claros colores, suaves y llenos de mesurada luminosidad. Veraguth pintaba en ese momento el rostro de su amigo. Percibíase en el ambiente un espeso olor a pintura al óleo y el aromático perfume del tabaco habano; entre el follaje, los pájaros lanzaban sus breves, sordos chillidos de mediodía y cantaban, un tanto perezozos y soñadores, sus acentos. Pierre, en cuclillas y teniendo delante de sí en el suelo un colosal mapamundi, recorría pensativamente con su delicado dedo índice la superficie del papel.

—¡No te duermas! —gritó el pintor exhortando a su amigo.

Burkhardt lo miró sonriente y sacudió la cabeza.

—¿Dónde estás ahora, Pierre? —preguntó dirigiéndose al niño.

—Espera. Tengo que leerlo —repuso vivamente Pierre, y en seguida comenzó a deletrear un nombre que había escrito en el mapa—. Estoy en Lu..., en Lucer..., en Lucer..., en Lucerna. Hay allí un gran lago o un mar. ¿Será más grande que nuestro lago, tío?

—¡Oh, sí, mucho más! Será unas veinte veces mayor. Tienes que ir alguna vez a verlo.

41

—¡Ah, sí! Cuando tenga un automóvil, iré a Viena y a Lucerna, y al mar del Norte y también a la India, allí donde está tu casa. ¿Estarás en casa cuando vaya a verte?

—Por cierto, Pierre. Siempre estoy en casa cuando vienen huéspedes. Verás allí a mi mono; se llama Pendenk, y no tiene rabo; en cambio, posee unas barbas blancas como la nieve. Luego nos embarcaremos en una lancha, llevaremos un fusil y, paseando por el río, cazaremos un cocodrilo. ¿Qué te parece?

Pierre, encantado y feliz, mecía su cuerpo esbelto y delicado. Burkhardt continuó refiriendo cosas de sus andanzas a través de las selvas vírgenes de la Malasia y habló tanto y tan bien que el niño terminó por cansarse y por no poder seguir la charla del hombre. Se puso entonces a estudiar distraídamente el mapa; su padre, empero, escuchaba cada vez con mayor atención las vivaces pinturas de su amigo que hablaba indolente y con soltura de los trabajos y de las cacerías, de las correrías a caballo y en lancha, de las pequeñas y pintorescas aldeas de *coolíes* cuyas casas estaban construidas con cañas de bambú, de los monos, águilas, garzas reales, mariposas enormes, y de la tranquila vida que llevaba, apartado del mundo de las gentes civilizadas, en la selva tropical; y describió todo eso de modo tan seductor que Veraguth imaginó un exuberante país paradisíaco, bienaventurado, lleno de luz y hermosos y vivos colores. Y Otto Burkhardt habló de los enormes ríos silenciosos que se deslizaban a través de la inextricable selva virgen, de los bosques de helechos, altos como árboles, de las vastas y ondulantes praderas cubiertas de pastos que alcanzaban la altura de un hombre, habló de los atardeceres, verdaderas fiestas de color a orillas del mar, de las islas de coral, de los azules volcanes, de las lluvias salvajes, furiosos diluvios de agua, y de llameantes tempestades eléctricas, del letargo contemplativo de los hombres en los ardientes días del estío, pasados en las amplias verandas sombreadas de las casas de las plantaciones; habló del hormiguear incesante de las gentes en las calles de las ciudades chinas y de las horas de paz y silencio que pasaban los malayos en los estanques lisos, de piedra, de sus mezquitas.

La imaginación de Veraguth volvió a complacerse, como ya tantas veces había hecho, en la lejana tierra en que residía su amigo, sin saber hasta qué punto ésa su callada nostalgia por ella, ése su difuso sentimiento de avidez por sus bellezas, respondían a los secretos designios de Burkhardt. Lo que provocaba en su alma ese confuso anhelo no eran sólo las cautivantes imágenes de las costas de aquellas islas encantadas y el brillo de los mares tropicales, la exuberancia de las selvas y sus caudalosas corrientes de agua o el aspecto pintoresco, lleno de color, de sus gentes medio desnudas, sino que aun en mayor medida lo embelesaban la lejanía y la paz de un mundo en el que sus actuales pesares, sufrimientos, miserias y luchas de todos los días tenían por fuerza que palidecer, que permanecer, por así decirlo, ajenos a él en la distancia, mundo en el que centenares de pequeñas cargas, que cotidianamente agobiaban su corazón, tenían que desvanecerse al penetrar él en una nueva atmósfera, pura, inocente, sin dolores.

Transcurrió así la tarde; las sombras avanzaban lentas. Pierre se había marchado hacia ya un buen rato; Burkhardt, poco a poco, había terminado por enmudecer y quedarse adormecido; su retrato, empero, estaba ya casi terminado; Veraguth cerró un instante sus ojos fatigados, dejó caer sus manos y abrió su alma vehementemente, con un sentimiento casi de dolor, a la serenidad profunda de la hora, a la proximidad de su amigo, a la sensación de sosegado cansancio que lo invadía, después de una jornada de trabajo feliz en que sus nervios habían estado tensos durante horas. Ese estado, junto con el de la embriaguez que le procuraba el trabajo al que se entregaba despiadadamente y por entero, constituía desde años atrás su goce más profundo, el consuelo efectivo de su vida; eran esos dulces momentos de distensión y abandono, semejantes a los sosegados estados, casi vegetativos, que sobrevienen entre la vigilia y el sueño.

Veraguth se puso en pie con cautela para no despertar

a Burkhardt y llevó con precaución el lienzo a su estudio. Allí se despojó de la burda chaqueta que usaba para pintar, se lavó las manos y refrescó sus levemente fatigados ojos con agua fría. Un cuarto de hora después estaba ya nuevamente afuera, junto a su huésped adormecido. Lo contempló un instante con rostro escrutador y luego lo despertó con el viejo silbido que ya veinticinco años antes ambos amigos empleaban como signo secreto y señal de reconocimiento.

—Puesto que has dormido tan bien —dijo Veraguth alegremente—, podrías ahora contarme algo más de la tierra en que vives, porque mientras pintaba no pude atenderte sino a medias. ¿No hablaste, por lo demás, de unas fotografías? ¿Has traído algunas? ¿No podríamos verlas ahora?

—Por cierto, si así lo quieres. Vamos, entonces.

Otto Burkhardt había estado aguardando pacientemente ese momento durante muchos días. Desde años atrás su más ardiente deseo se cifraba en hacer que Veraguth se marchara con él al Extremo Oriente y en tenerlo en su casa una larga temporada. Pensando que este viaje era tal vez la última oportunidad que se le brindaba de satisfacer su anhelo, Burkhardt había realizado ciertos preparativos destinados a favorecer sus designios. Cuando los dos hombres tomaron asiento, uno junto al otro, en la habitación de Burkhardt y se pusieron a charlar sobre la India, éste comenzó a sacar álbumes y carpetas, llenos de fotografías, de un baúl que parecía inagotable. El pintor estaba encantado y maravillado de la cantidad y belleza de las vistas; Burkhardt, empero, permaneció callado afectando no asignar importancia alguna a las fotografías, mas sin dejar de observar atentamente el rostro de su amigo y procurando leer en él la impresión que aquéllas le producían.

—Pero, ¡qué vistas más hermosas! —exclamó el pintor con una expresión de viva complacencia—. ¿Es que tú mismo las tomaste?

—En parte, sí —respondió Burkhardt brevemente—; muchas, sin embargo, fueron sacadas por algunos conocidos míos. Sólo quería darte una impresión muy general del aspecto aproximado que tiene el mundo en que vivo.

Burkhardt dijo esto como a la ligera, mientras reunía las fotografías con gesto negligente; no podía Veraguth suponer cuántos trabajos y esfuerzos había realizado su amigo para reunir una colección de fotografías tan completa. Había contratado por muchas semanas a un joven fotógrafo inglés de Singapur y más tarde también a uno japonés de Bangkok, a los que había alojado en su casa; desde allí, ambos fotógrafos profesionales habían emprendido con Burkhardt viajes y correrías, ya hasta orillas del mar, ya internándose en las densas selvas vírgenes, para recoger en sus cámaras todo cuanto podía considerarse bello y digno de atención; los negativos se habían embalado con las mayores precauciones y enviado a la ciudad donde finalmente se hicieron las copias que Burkhardt estaba ahora exhibiendo a su amigo. Estas fotografías constituían el cebo del anzuelo de Burkhardt, quien con honda conmoción interior vio cómo su amigo lo mordía y tragaba. Le mostró vistas de casas, calles, aldeas asiáticas, templos, fotografías de las cavernas fabulosas de Balu, en Kuala Lumpur, de las enormes y hermosas canteras de mármol de la zona de Ipoh; y cuando Veraguth llegó a preguntarle si no tenía fotografías también de los nativos de cada una de esas regiones, Otto le alargó retratos de malayos, chinos, árabes, javaneses, de desnudos y atléticos *coolíes* de los puertos, de viejos pescadores enjutos, de cazadores, de campesinos, de tejedores, de mercaderes, de hermosas mujeres de cuerpos cubiertos con joyas de oro, de grupos de niños desnudos y bronceados, de pescadores con sus redes, de tocadores de flauta con grandes anillas en las orejas, y de bailarinas javanesas adornadas con deslumbrantes alhajas engastadas en plata. Tenía también fotografías de todas las especies de palmeras, de los bananos de gran hoja exuberante, de escondidos lugares de la selva en que se veía enroscada e inextricable vegetación, de los templos sagrados levantados en bosquecillos, de los lagos y viveros de tortugas, de los hipopótamos en húmedos arrozales, de elefantes domesticados en plena labor y de elefantes salvajes que jugaban en el agua extendiendo hacia el cielo sus trompas sonoras.

El pintor observó atentamente una a una todas las fotografías. Hizo a un lado muchas de ellas después de un breve examen, puso otras aparte comparándolas entre sí, considerando agudamente las figuras y los rostros de las gentes. Pidió a Burkhardt detalles sobre algunas vistas, le preguntó a qué hora del día habían sido tomadas, calculó la longitud de las sombras a medida que iba sumiéndose cada vez más profundamente en una contemplación meditativa.

—Se podría pintar todo esto —murmuró una vez como para sí y con tono ausente.

—Basta ya de fotografías —exclamó por último con un suspiro—. Todavía tienes que contarme muchas cosas. ¿Sabes que es espléndido esto de tenerte aquí conmigo? Ven, tenemos una hora para pasear juntos; quiero mostrarte un paraje encantador.

Con aire animado y sintiendo que toda huella de cansancio se había desvanecido en él, echó a andar con Burkhardt en dirección al prado por la carretera en la que se aproximaba, en sentido contrario al que ellos llevaban, un carro cargado de heno. Veraguth aspiró con delicia el intenso y cálido aroma del heno que inmediatamente despertó en él un recuerdo.

—¿Te acuerdas —preguntó con una sonrisa— de aquel verano que pasamos juntos en el campo, después de mi primer semestre de estudios en la Academia? En aquel momento no pintaba otra cosa que heno, nada más que el simple heno, ¿recuerdas? Durante dos semanas me esforcé en vano por pintar unas parvas de heno; no daba con los colores precisos: ¡cuánto trabajé en torno de ese gris opaco y descolorido del heno! Cuando al fin lo logré, no era sin embargo el tono bastante delicado, pero ya sabía yo que el camino para llegar al color cabal era mezclar el rojo con el verde; me puse tan alborozado con el descubrimiento, que no veía nada digno de pintar sino el heno puro y límpido. ¡Ah, son en verdad hermosos esos momentos en los que por primera vez se prueba, se esfuerza uno por hallar una solución y se obtiene éxito!

—Creo que nunca termina uno de aprender —opinó Otto Burkhardt.

—Claro está que no. Pero mira, las cosas que ahora me esfuerzo por alcanzar no tienen ninguna relación con el saber técnico. Desde hace unos dos años suele acontecerme, y cada vez con mayor frecuencia, que de pronto, ante el aspecto de las cosas, me pongo a soñar evocando los tiempos de mi infancia. En aquella época veía yo el espectáculo del mundo de un modo distinto de como lo veo ahora: mi más ardiente deseo de hoy es llegar a pintar algo según lo veía en aquellos días. A veces me ocurre que por un par de minutos vuelvo a encontrar súbitamente en las cosas aquel singular destello, aquella plenitud de antaño, pero mi visión es demasiado fugaz, no me basta para pintarla. Hay en nuestros días muchos buenos pintores, temperamentos inteligentes y finos, viejos señores de aguda mirada que reproducen el espectáculo del mundo tal como ellos lo ven. Pero no hay ninguno que lo pinte como lo ve el ojo fresco, ardoroso, de un niño de raza; aquellos que lo intentan no vienen a revelar, las más de las veces, sino su condición de malos artesanos.

Perdido en sus pensamientos, arrancó una escabiosa rojiza y azul que había al borde del camino y se quedó contemplándola fijamente.

—¿Te aburro? —preguntó de pronto, mirando con aire desconfiado a su amigo y como despertando súbitamente de su ensueño.

Otto sonrió, sin decir nada.

—Mira —prosiguió entonces el pintor—, uno de los cuadros que quisiera pintar es el de un ramo de flores de los prados. Has de saber que mi madre sabía confeccionar con esas flores ramos tan primorosos como nunca después me fue dado ver. Poseía a este respecto un genio especial. Era ella un niño, cantaba casi siempre, su andar era ligero, y cuando salíamos al campo se cubría la cabeza con un gran sombrero de paja color castaño; en mis sueños, nunca la veo de otro modo. Lo que yo quisiera pintar ahora es uno de esos ramos que ella hacía con tanto gusto: escabiosas y milenramas, combinadas con menudas campanillas rosadas y verdes espigas de avena. Compuse centenares de ramos con esas flores silvestres, los llevé a casa para pintarlos, pero ninguno de ellos era el que yo quería reproducir. ¿Cómo decirlo? Les faltaba esa fragancia del conjunto que poseían los ramos que mi madre preparaba. Por ejemplo, no le gustaban las aquileas blancas; sólo escogía aquéllas muy raras y finas, ligeramente teñidas de color lila; solía ella pasarse una tarde entera eligiendo entre miles de aquileas antes de decidir cuáles formarían parte del manojo de flores. ¡Ah, no sé cómo decírtelo! ¡No puedes comprenderlo!

—Sí, lo entiendo muy bien —asintió Otto Burkhardt.

—¡Si supieras! Me paso a las veces días pensando en tales ramos de flores. Sé muy bien cómo tiene que ser el cuadro. En modo alguno será cual una de ésas tan conocidas naturalezas muertas vistas por el ojo experto de un buen observador, y simplificadas por el arte agudo e inteligente de un buen pintor; tampoco será, sin embargo, una de esas piezas sentimentales y encantadoras que suelen hacer esos artistas a los cuales se ha dado en llamar pintores de cosas íntimas. Mi cuadro ha de ser por entero ingenuo, tiene que ser la visión de un niño bien dotado, nada estilizado sino lleno de sencillez. El cuadro de la mañana nebulosa y los pescados que has visto en el estudio representan, por cierto, todo lo contrario de lo que ahora me propongo realizar..., pero ¿es que acaso ambas cosas son irreconciliables...? ¿Acaso se excluyen?... ¡Ah, todavía quiero pintar mucho, pero mucho!

Veraguth, guiando a su amigo, tomó una estrecha senda cuya suave pendiente llevaba hasta lo alto de una redonda y apacible colina.

—¡Presta atención ahora! —advirtió a Otto vivamente mientras escudriñaba delante de sí el aire, cual un cazador—. Presta atención apenas lleguemos a la cima. Esto es lo que quiero pintar este otoño.

Llegaron a lo alto del collado. Al frente presentábase a la vista un bosquecillo atravesado por los oblicuos rayos del sol vespertino, en medio del claro espacio libre de la pradera. Bajo altas hayas desembocaba un sendero en el punto donde se divisaba un banco de piedra cubierto de musgo; siguiendo ese camino encontraba el ojo una amplia perspectiva; por encima del banco y a través de la oscura vía formada por las copas de los árboles, abríase fresca y reluciente una honda lejanía, un valle colmado de matorrales y altos pastos, el sinuoso río que brillaba con reflejos azulverdosos y, más allá aún, las esfumadas siluetas de colinas que parecían extenderse hasta lo infinito.

Veraguth señaló con su mano el panorama.

—Esto es lo que pintaré apenas las hayas comiencen a cobrar color. Sobre ese banco estará sentado Pierre a la sombra, de suerte que se vea, por encima de su cabeza, el claro valle de abajo.

Burkhardt escuchaba en silencio a su amigo con el corazón inundado de compasión. "¡Cómo me miente!", pensaba con disimulada sonrisa. "¡Cómo habla de trabajos y proyectos! Antes nunca hacía esto. Parece como si quisiera enumerar cuidadosamente todo cuanto pudiera constituir para él un motivo de alegría, todo cuanto pudiera aún reconciliarlo con la vida". Burkhardt conocía bien a su amigo, de modo que no lo contradijo; sabía que la actitud de Johann no podía durar, que sólo persistiría hasta que arrojara de sí todo el dolor acumulado durante años en su corazón, dolor que se había vuelto insoportable por obra del silencio. Y así Otto caminaba junto a su amigo, adoptando un aire de abandono y sintiéndose tristemente maravillado de que un hombre tan superior por su talento pudiera tornarse hasta pueril por la infelicidad y que recorriera, con los ojos vendados y las manos atadas, su senda de espinas.

Cuando, habiendo regresado a Rosshalde, preguntaron por Pierre, les dijeron que el niño había ido con la señora de Veraguth a la ciudad a esperar al joven Albert.

Capítulo IV

Albert Veraguth se paseaba con paso vivo de un extremo a otro del salón de música de su madre. A primera vista mostraba gran parecido con Johann Veraguth, a causa sobre todo de que poseía sus mismos ojos, más un examen detenido revelaba una mayor semejanza con su madre, quien de pie y apoyada en el gran piano de cola, seguía el ir y venir del joven con ojos cariñosos y atentos. En un momento en que se aproximó a ella, la señora de Veraguth, posando las manos sobre los hombros de su hijo, lo retuvo junto a sí y le hizo volver el rostro hacia ella. Caíale al joven sobre su amplia frente pálida un grueso mechón de cabello rubio; sus ojos llameaban con pueril expresión de disgusto; y su boca, bien delineada y llena, se crispaba en un gesto de furor.

—¡No, mamá —exclamó nerviosamente, mientras se desligaba de los brazos de su madre—; bien sabes que no me es posible ir a verlo! Eso sería representar una indecorosa comedia. Él sabe que lo odio y, a su vez, él mismo también me odia; di lo que quieras, pero es inútil.

—¡Odiar! —dijo la señora de Veraguth en un tono de ligera reconvención y con severidad—; no digas esas cosas; ¡tus palabras lo destruyen todo! Es tu padre; en un tiempo te amaba entrañablemente. Te prohíbo que vuelvas a hablar como acabas de hacerlo.

Albert permaneció un instante plantado, fulminándola con la mirada.

—Por cierto que puedes prohibirme que hable, pero ¿es que acaso tal cosa modifica la situación real? ¿Acaso puedo sentirme agradecido por lo que él hizo por mí? A ti te arruinó la vida; a mí, el hogar que creía poseer. Convirtió nuestra alegre y magnífica Rosshalde en un lugar

50

de malestar y desazón. Aquí se desarrolló mi infancia, mamá; aquí crecí; y ¡cuántas veces, por las noches, sueño con mis antiguas habitaciones, con los corredores de la casa, con los jardines, con la caballeriza y el palomar! No tengo otro hogar al que pueda amar, con el que pueda soñar, por el que pueda sentir nostalgia. Y sin embargo, tengo que vivir en lugares que me son extraños; ni siquiera puedo invitar aquí durante mis vacaciones a un amigo por que no vea qué clase de vida es la que llevamos todos en Rosshalde. Cada persona que llega a conocerme y oye mi nombre se deshace en seguida en alabanzas por mi padre célebre. ¡Ah, madre mía, cuánto más hubiera preferido yo no tener padre alguno, ni Rosshalde, ni fama, sino que fuéramos pobres gentes, que tú tuvieras que coser o dar clases, y yo que ayudarte a ganar dinero!

La señora Veraguth se le aproximó, lo obligó a sentarse en un sillón y, sentándose ella misma en las rodillas del joven, le arregló el cabello que le caía sobre la frente.

—De manera —dijo la madre con su voz profunda y tranquila cuyas modulaciones infundían en Albert la sensación del hogar y del seguro asilo— que lo has dicho todo. Muchas veces es bueno desahogarse, expresar lo que uno siente. Es menester saber con precisión qué cosas son las que tenemos que sobrellevar. Pero no hay que exacerbar aquellos sentimientos que nos hacen daño, hijo. Eres ya casi un hombre y de ello me alegro mucho. Eres mi hijo y siempre lo serás, pero, mira, me encuentro muy sola, siempre estoy llena de desazón; necesito también un amigo varonil y cabal... y eso es lo que pretendo que tú llegues a ser para mí. Contigo quiero tocar el piano a cuatro manos, contigo quiero pasearme por el jardín; quiero que juntos velemos por Pierre, que juntos viajemos y gocemos de hermosas vacaciones. Pero es preciso que seas más sereno, que no me hagas las cosas más difíciles de lo que ya son; de otro modo no me quedará más remedio que pensar que eres todavía un adolescente, y tendré que esperar hasta encontrar al amigo auténtico e inteligente del que tengo tanta necesidad.

—Sí mamá, por cierto. Pero, ¿es que para llegar a ser tu amigo tendré que guardar silencio siempre sobre todas aquellas cosas que me hacen desgraciado?

—Eso es lo mejor, Albert. Bien conozco que no es fácil y que en todo caso no puede pedírsele tal cosa a un niño. Pero, créeme, es lo mejor que se puede hacer. ¿Quieres ahora que toquemos algo al piano?

—Con mucho gusto, mamá. Beethoven, la *Segunda sinfonía*, ¿quieres?

Apenas habían comenzado a ejecutar la obra, cuando la puerta del salón se abrió despaciosamente y Pierre se deslizó a través de ella para ir a sentarse sobre una banqueta donde permaneció silencioso escuchando la música. Con aire pensativo, el pequeño Pierre se puso a observar a su hermano, su nuca sobre el cuello deportivo, el movimiento de sus manos sobre el teclado y de su cabeza que se balanceaba siguiendo el ritmo de la música. En ese momento en que no podía verle los ojos, el niño encontraba en su hermano una gran semejanza con la madre.

—¿Te gusta? —le preguntó Albert en una pausa que hicieron. Pierre asintió con un movimiento de cabeza, pero en seguida volvió a salir calladamente de la habitación. Es que en la pregunta de Albert había percibido algo de ese tono con que, según su experiencia, las personas mayores se dirigen las más de las veces a los niños, tono cuya engañosa cordialidad y arrogancia mal disimulada Pierre no podía soportar.

Para él la llegada del hermano mayor era un acontecimiento que lo llenaba de alborozo; lo había estado esperando hasta con ansiedad y lo había saludado con gran alegría en la estación del ferrocarril. Ese tono, empero, era algo con lo que estaba decidido a no condescender.

Mientras tanto, Burkhardt y Veraguth aguardaban en el estudio la llegada de Albert; el primero, con no disimulada curiosidad; Veraguth, nervioso y turbado. La fugaz jovialidad que había despertado en él la conversación con su amigo, se había desvanecido en el momento en que se habló de la llegada de Albert.

—¿Es que acaso no lo esperaban? —preguntó Otto.

—No, no creo. Yo mismo sabía que iba a venir uno de estos días.

Veraguth se puso a revolver dentro de una vieja caja de fotografías de otros tiempos. Por fin sacó una de entre el montón, y sosteniéndola en una mano la colocó junto a una fotografía reciente de Pierre, para comparar ambas copias.

—Este es Albert; así era cuando tenía exactamente la misma edad que ahora tiene Pierre. ¿Lo recuerdas?

—¡Oh, muy bien! La fotografía es fiel. Tiene mucho de tu mujer.

—¿Más que Pierre?

—Sí, mucho más. Pierre no tiene el tipo tuyo ni el de tu mujer. Me parece que justamente aquí viene el pequeño. O, ¿no será Albert? No, sería imposible.

Ambos amigos oyeron el ruido de unos pasitos en las baldosas que había delante de la puerta; percibieron que alguien ponía la mano sobre la falleba y que, tras breve vacilación, la empujaba hacia abajo; entonces se presentó el pequeño Pierre con expresión cordial y con mirada interrogante, por ver si era bienvenido o no en ese momento.

—¿Dónde está Albert? —preguntó Veraguth.

—En el salón de mamá. Están tocando el piano a cuatro manos.

—¡Ah!, está tocando el piano.

—¿Estás enojado, papá?

—No, Pierre, me gusta mucho que hayas venido. Cuéntanos algo.

El niño, viendo las fotografías esparcidas sobre la mesa tomó algunas en sus manos.

—¡Oh, éste soy yo! ¿Y éste...? ¿Éste? Éste tiene que ser Albert.

—Sí, es Albert. Tal era su aspecto a la edad justa que tú tienes ahora.

—Pensar que en ese momento yo no había nacido aún. Ahora se ha hecho un hombre y Robert ya le dice señor Albert.

—¿Deseas tú también llegar a ser un hombre?

—Sí, mucho. Cuando uno es grande puede tener caballos y emprender viajes; eso me gustaría mucho. Además, nadie me diría niñito ni me pellizcaría los carrillos. Pero, pensándolo bien, me parece que no me gustaría realmente ser grande. ¡Las personas mayores son, en general, tan desagradables! Albert se ha transformado en algo completamente distinto de lo que era. Y ¡mira!: a medida que las personas mayores van envejeciendo, tanto más se aproximan a la muerte. Preferiría en verdad permanecer tal como soy ahora, sólo que quisiera además, y mucho, poder volar junto con los pájaros, volar muy alto alrededor de los árboles, llegar hasta las nubes. Entonces bien que me reiría yo de toda la gente.

—¿De mí también, Pierre?

—Pero, claro está, papá. ¡Todas las personas mayores son tan cómicas! A decir verdad, mamá no tanto. Mamá, las más de las veces permanece en el jardín sentada en un sillón y no hace otra cosa que mirar el césped, manteniendo las manos colgantes a ambos lados del cuerpo; así se queda quieta horas enteras y parece un poco triste. Es muy bonito eso de poder estarse sin hacer nada.

—Pero, entonces, ¿no quisieras llegar a ser algo determinado? ¿No desearías ser arquitecto, o acaso jardinero, o tal vez pintor?

—No, nada de eso me gustaría. Jardinero ya tenemos y casa también. Lo que yo deseo es algo muy distinto. Por ejemplo, quisiera saber qué se dicen entre sí los petirrojos, entender su lenguaje. Quisiera ver y comprender cómo hacen los árboles para beber agua con sus raíces y llegar a adquirir tan gigantescas dimensiones. Creo que nadie conoce exactamente estas cuestiones. El maestro sabe una infinidad de cosas, ¡pero todas tan aburridas!

Pierre se había sentado sobre las rodillas de Otto Burkhardt y jugueteba con la hebilla del cinturón de éste.

—El hombre no puede conocer todas las cosas —dijo Burkhardt en tono cordial—. Respecto de muchas, tiene que contentarse sólo con contemplarlas y admirar su belleza. Cuando alguna vez vayas a mi casa de la India, tendrás que viajar durante muchos días en un gran barco y podrás ver, en un determinado momento del viaje, unos peces pequeños que, saltando fuera del agua, vuelan un trecho con sus alas diminutas que parecen de cristal. También verás muchas veces cómo se llegan hasta el vapor aves que, habiendo partido en vuelo de islas enormemente distantes, se hallan muy fatigadas y se posan entonces en los mástiles del barco para descansar; y bien puedes creer que se maravillan de encontrar tantas gentes extrañas que viajan surcando los mares, que les gustaría comprendernos y preguntarnos cómo nos llamamos y de dónde venimos; pero, claro está, tampoco ellas pueden satisfacer su deseo, de modo que cuando ya se sienten descansadas, vuelven a desplegar sus alas y prosiguen su vuelo sobre el mar.

—¿Es que nadie sabe cómo se llaman esos pájaros?

—Claro está que sí; pero esos nombres con que los designamos son nombres que les han dado los propios hombres; cómo se llamen entre ellos, empero, es cosa que nadie sabe.

—¡Qué bien lo explica todo el tío Burkhardt, papá! Yo quisiera también tener un amigo como tú tienes. Albert es ya demasiado grande. La mayor parte de la gente nunca entiende bien lo que uno dice o quiere, pero el tío Otto sí que me entiende en seguida, ¿no es así?

En ese momento llegó una doncella que iba a buscar al pequeño Pierre. Como ya era la hora de la comida, también los dos hombres se encaminaron a la residencia. Veraguth estaba silencioso y tenía aire contrariado. Al entrar en el comedor, le salió al encuentro Albert a quien tendió la mano.

—Buenas tardes, papá.

—Buenas tardes, Albert. ¿Has tenido buen viaje?

—Sí, gracias. Buenas tardes, señor Burkhardt.

El joven guardaba una actitud extremadamente fría y correcta. Condujo a su madre hasta la mesa. Se sentaron todos a comer y la conversación, que se mantuvo, se entabló casi exclusivamente entre Burkhardt y la señora de la casa. Se habló de música.

—¿Me permite preguntarle —dijo Burkhardt dirigiéndose a Albert—, ¿qué clase de música es la que usted prefiere? Por cierto que hace mucho tiempo que no tengo ocasión de oír buena música, de suerte que conozco apenas el nombre de los músicos modernos.

El joven miró a Burkhardt con expresión cortés y respondió:

—También yo sólo conozco de oídas a los músicos ultramodernos. No puedo decir que prefiera especialmente una determinada corriente musical; me gusta toda la música en general, siempre, claro está, que sea buena; sobre todo, Bach, Gluck y Beethoven.

—¡Ah, los clásicos! En nuestra época sólo conocíamos de cerca propiamente a Beethoven. De Gluck puede decirse que apenas teníamos noticia. Ha de saber usted que todo nuestro entusiasmo era por Wágner. ¿Recuerdas, Johann, la primera vez que escuchamos el *Tristán*? ¡Qué revolución!

Veraguth sonrió malhumorado.

—Eso pertenece a una tendencia ya pasada de moda —exclamó casi bruscamente—. Wágner ha terminado. ¿No es así, Albert?

—¡Oh, no! Por el contrario. Hoy se vuelven a representar las obras de Wágner en todos los teatros. Sólo que yo no puedo juzgar sobre el valor que tengan.

—¿Es que no le agrada a usted Wágner?

—No es eso. Lo que ocurre es que lo conozco poco, señor Burkhardt. Muy rara vez voy al teatro. Me interesa sólo la música pura, no la ópera.

—Sí, claro es; pero, ¡ese preludio de *Los maestros cantores*! Tiene usted que reconocerlo. ¿Cree usted que no vale nada?

Albert se mordió los labios y permaneció un instante reflexionando antes de responder.

—Créame que en verdad no puedo juzgar al respecto. Es... cómo le diría a usted... música romántica, por la que no experimento interés alguno.

Veraguth hizo un gesto de desagrado.

—¿Bebes un poco de este vino del país? —preguntó desviando el curso de la conversación.

—¿Y tú, Albert? ¿Un vaso de vino tinto?

—No, gracias, papá. Prefiero no beber.

—¿Qué? ¿Te has hecho abstemio?

—No, en modo alguno; pero he notado que el vino no me sienta bien y será mejor que renuncie a él.

—Está bien, pues. Pero nosotros hemos de chocar los vasos, Otto. ¡Salud!

Veraguth bebió casi todo el vino de su vaso de un rápido trago.

Albert seguía desempeñando el papel del joven bien educado que, teniendo opiniones propias, las guarda empero discretamente para sí, dejando la palabra a las personas mayores, no para aprender de ellas sino sencillamente para no ver turbada su tranquilidad. Sin embargo, el papel que había dado en representar no convenía a su personalidad, de suerte que al cabo de poco tiempo vino a sentirse muy incómodo. No quería dar a su padre, a quien se había acostumbrado a ignorar, en virtud de largas ausencias, ningún motivo de disgusto y separación.

Burkhardt, que se hacía cargo de todo, callaba; y nadie demostraba gran interés en reanudar la agotada y glacial conversación. De modo que todos se apresuraron a dar fin cuanto antes a la comida; se servían con cortés ceremonia, jugueteaban un tanto cohibidos con las cucharas de postre y esperaban impacientes el momento de levantarse de la mesa y echar a andar cada cual por su lado. Sólo en ese instante llegó a percibir Burkhardt en toda su magnitud el aislamiento y la irremediable frialdad del matrimonio y de la vida de su amigo, que se había convertido en algo rígido, pétreo, atrofiado. Clavó fugazmente su mirada en el rostro del pintor y lo vio con expresión cansada, con los ojos fijos en los manjares que tenía delante de sí y que apenas había probado; en un segundo en que sus miradas se encontraron, la de Veraguth revelaba un sentimiento de súplica y de vergüenza, vergüenza de que su amigo descubriera el miserable estado en que vivía.

Burkhardt contempló el lamentable aspecto que ofrecía su amigo y de pronto le pareció que el despiadado y egoísta silencio que reinaba, la fastidiosa afectación de la mesa carente de alegría, proclamaban, estridentes, la vergüenza de Veraguth. En ese instante comprendió Otto que cada día que permaneciera como huésped en la casa no constituiría sino una prolongación del tormento que experimentaba Johann al comprobar cómo el amigo se iba haciendo cargo de su ignominiosa situación, ya que sólo con repugnancia conseguía mantener las apariencias exteriores, en tanto que le faltaban las fuerzas y el humor necesario para encubrir al observador su miseria. En fin, que era menester marcharse.

Apenas la señora de Veraguth se hubo puesto en pie su marido echó hacia atrás el sillón que ocupaba y dijo:

—Me encuentro tan cansado que preferiría ir ahora mismo a recogerme. No os molestéis por mí.

Al salir olvidó cerrar tras de sí la puerta, de modo que Otto pudo percibir el sonido de sus pasos lentos y pesados que se alejaban por el corredor y que bajaban la escalinata del frente de la casa.

Burkhardt cerró la puerta y acompañó a la señora de la casa hasta el salón de música, donde se veía el piano de cola aún abierto y las hojas de las partituras movidas levemente por la brisa de la noche.

—Hubiera querido rogarle que tocara usted algo al piano —dijo Burkhardt un tanto cortado—; pero me parece que Johann no se encuentra del todo bien; se ha pasado trabajando al sol durante el mediodía y toda la tarde. Si me lo permite usted, quisiera acompañarlo todavía una horita.

La señora de Veraguth asintió con gesto tranquilo y serio. Burkhardt se despidió de ella y salió con Albert, que lo acompañó hasta la escalera.

Capítulo V

Cuando Otto Burkhardt se despidió de Albert al pie de la escalera profusamente iluminada por la luz de los grandes faroles, ya había anochecido. Permaneció de pie un rato bajo los castaños, aspiró ávidamente el aire suave y fresco de la noche, perfumado por el aroma del jardín y se enjugó las gruesas gotas de sudor que perlaban su frente.

No se veía ninguna luz en el estudio de Veraguth, a quien Burkhardt no encontró ni en el taller ni en las habitaciones contiguas. Abrió entonces las puertas que daban al estanque y comenzó a buscar al pintor andando con pasos ligeros alrededor de la casa. Lo encontró sentado en el sillón de mimbre en que Burkhardt se había instalado esa misma tarde para posar ante su amigo; hallábase éste ahora con los codos apoyados en los brazos del sillón y con el rostro entre las manos, tan quieto que parecía adormecido.

—Johann —lo llamó Otto en voz baja posando suavemente una mano sobre su cabeza gacha.

El pintor no respondió. Burkhardt permaneció a su lado de pie, en silencio, manteniendo su mano sobre el cabello corto y grueso de su amigo, sumido en el cansancio y el dolor. Entre los árboles corría una leve brisa, único movimiento que alteraba la calma y el silencio de la noche. Transcurrieron así unos minutos. De pronto, desde la residencia llegó a través de la hora nocturna una oleada de sonidos que lo invadió todo; era un acorde largo y sostenido, al que en seguida siguió otro. Estaban tocando el primer movimiento de una sonata para piano.

Entonces alzó el pintor su cabeza, suavemente apartó la mano de Burkhardt y se puso en pie. Ofrecía a la vista del amigo una expresión fatigada con sus ojos secos y hundidos; intentó en vano sonreír haciendo un esfuerzo, mas al no conseguirlo, sus facciones volvieron a relajarse.

—Entremos —dijo señalando con un ademán el estudio, como si quisiera protegerse de la música que fluía rauda de la residencia.

Se encaminó al pabellón y ante las puertas del *atelier* se detuvo.

—¿Me equivoco si pienso que no te tendremos aquí mucho más tiempo?

"¡Cómo lo advierte todo!", pensó Burkhardt conmovido y, dominando su voz, dijo:

—Algún día tenía que ser. Creo que partiré pasado mañana.

Veraguth buscó a tientas la llave de la luz. Con fino tono metálico que deslumbró a los dos hombres por un instante, resplandecieron todas las lámparas eléctricas del estudio.

—Ahora beberemos juntos una botella de buen vino.

Llamó entonces a Robert y le encargó el vino. En el centro del *atelier* se alzaba el recién hecho retrato de Burkhardt, ya casi terminado. Mientras Robert trajinaba disponiendo la mesa y las sillas, el vino y el hielo, cigarros y ceniceros, los dos amigos contemplaban la tela.

—Está bien, Robert; puede usted retirarse. Mañana no me despierte. Déjenos ahora solos.

Tomaron asiento; Veraguth se agitó inquieto en su sillón, volvió a ponerse en pie y con gesto nervioso apagó la mitad de las luces que iluminaban el recinto. Luego se dejó caer pesadamente en su asiento.

—El cuadro no está todavía terminado —comenzó a decir—. Pero, toma un cigarro. No falta mucho, con todo, y me parece que va a quedar bien.

Eligió un cigarro, lo cortó con gesto pensativo, lo tuvo un instante entre sus dedos nerviosos y terminó por depositarlo nuevamente sobre la mesilla.

—Siento mucho que esta vez no hayas encontrado aquí las cosas en un estado propiamente brillante, querido Otto.

Quebróse de pronto la voz, mostró una actitud de profundo abatimiento y, asiendo las manos de Burkhardt, las retuvo entre las suyas con fuerza.

—Ahora ya lo sabes todo —dijo con tono de cansancio mientras Otto sentía que dos lágrimas le caían sobre sus manos. Pero Veraguth no quería abandonarse a ese momento de fugaz debilidad; volvió a erguirse bruscamente, se esforzó por que su voz sonara serena, y por fin, pudo decir con alguna turbación aún:

—Perdona. Bebamos ahora un trago. ¿No fumas?

Burkhardt tomó un cigarro.

"¡Pobre amigo mío!", pensó.

Se pusieron entonces a beber y a fumar en silencio mirando la luz que brillaba en las lámparas en forma de cáliz y, con resplandor más cálido aún, en las copas que contenían el dorado vino; miraban las imprecisas columnas de humo azul que ascendían por la espaciosa estancia formando caprichosas figuras en sus volutas, y por momentos se contemplaban abiertamente, con franca mirada, que no necesitaba ya de ninguna palabra para expresarlo todo. Era como si ya no quedara nada por decir.

Una mariposa nocturna, que había penetrado en la habitación zumbando, chocó vivamente tres o cuatro veces con ruido sordo contra las paredes. Por último se posó atontada, formando un triángulo de color gris aterciopelado, en el cielo raso.

—¿Irás conmigo a la India el otoño venidero? —se aventuró por fin a preguntar Burkhardt, con alguna vacilación.

Volvió a sobrevenir un largo silencio. La mariposa comenzó a moverse lentamente. Pequeña y gris, se arrastraba hacia adelante sobre sus patas, cual si hubiera olvidado que tenía alas.

—Quizá —dijo Veraguth—; quizá. Todavía tenemos que hablar de algunas cosas.

—Sí, Johann; no quiero atormentarte ahora. Sin embargo, tienes que contarme aún algo. A decir verdad, nunca creí que volvieras a entenderte realmente con tu mujer, pero...

—¡Ya desde el principio no nos entendimos!

—Sí, es cierto; pero nunca pensé que podría producir-

61

se un distanciamiento tan profundo. Esto no puede seguir así. Te malogras irremisiblemente.

Veraguth rió con aspereza.

—No, no me malogro. En el próximo mes de septiembre expondré en Francfort alrededor de doce nuevos cuadros.

—Está bien, pero ¿cuánto podrá durar tu ánimo esforzado? Es insensato... Dime, Johann, ¿por qué no te separaste de tu mujer?

—¡Oh, no es tan sencillo!... Te lo diré todo; es mejor que lo sepas todo para que puedas juzgar acabadamente la situación en que me encuentro.

Bebió un trago de vino y se quedó sentado en su sillón con el cuerpo doblado hacia adelante; Burkhardt se apartó un tanto de la mesilla.

—Ya sabes que desde el principio las relaciones con mi mujer fueron difíciles. Pasaron dos años de los que no puedo decir que hayan sido malos, pero tampoco buenos. Tal vez en aquella época hubiéramos podido todavía salvarlo todo. Pero no pude ocultar mi desengaño y torpemente me puse a pedirle a Adele, cada vez con mayor empeño, aquello que precisamente ella no podía darme. Nunca fue una mujer de impulso, su carácter es serio y tranquilo; bien podía yo haberlo comprendido en aquellos días. Nunca pudo hacer la vista gorda sobre nada ni tomar con buen humor y ligereza un asunto grave. A mis caprichos y exigencias, a mis arranques turbulentos y hasta a mis expresiones de desengaño no oponía ella otra cosa que silencio y paciencia, una paciencia conmovedora, callada, heroica, que a las veces me irritaba y que, por tanto, en nada podía favorecernos, ni a mí, ni a ella. Si me mostraba yo descontento y enojado, Adele callaba y sufría en silencio; entonces me proponía llegar con ella a un entendimiento mejor, le rogaba que me perdonara o procuraba reconquistarla en un momento de alegría; mas tales procedimientos no daban ningún resultado; ella continuaba callando y persistía en encerrarse en sí misma, permaneciendo fiel a su modo de ser lento y pesado. Cuando me encontraba junto a ella, permanecía callada, tímida y mansa; acogía tanto mis arranques de cólera como mis transportes de alegría con la misma impasibilidad y resignación; cuando la dejaba sola, tocaba el piano y pensaba en los días en que era soltera. De esta suerte di en ser cada vez más injusto con Adele y terminé por no darle ni comunicarle ya nada de mí mismo. Comencé a trabajar con ardor y aprendí a encerrarme en mi trabajo como en un castillo fortificado.

Veraguth hacía visibles esfuerzos por conservar su serenidad. Lo que pretendía era relatar objetivamente, no acusar, mas detrás de sus palabras se percibía una íntima actitud de inculpación; por lo menos estaba allí presente la queja por la destrucción de su vida, por el desencanto que había sufrido en las esperanzas de su juventud, por la condena perpetua de su naturaleza íntima a vivir una existencia a medias, sin alegrías, que no se avenía con su carácter.

—Ya en aquella época pensé muchas veces en divorciarme. Pero no era ésta una cuestión tan sencilla. Me había acostumbrado a trabajar en el silencio y la tranquilidad, de suerte que cada vez más me arredraba ante el pensamiento de la justicia y los abogados, de tener que dejar todas esas pequeñas comodidades de la vida cotidiana. Si en aquel momento hubiera encontrado un nuevo amor, la decisión me habría resultado muy fácil. Pero allí vino a demostrarse que también mi propia naturaleza era más pesada de lo que yo creía. Me enamoré de algunas muchachas bonitas con cierto sentimiento melancólico de envidia, pero nunca llegaron a ser emociones verdaderamente profundas, de modo que vine a comprender cada vez con mayor claridad que ningún amor podría ya exaltarme como mi pintura. Todos mis anhelos de desahogarme y de olvidarme de mí mismo, todos mis deseos y necesidades, se orientaron hacia la pintura y en ella se cifraron; la verdad es que en estos últimos años ningún ser humano, ninguna mujer, ningún amigo entró en mi vida. ¿Comprendes? Era menester que confesara al nuevo amigo mi vergüenza.

—¿Vergüenza? —preguntó Burkhardt en voz baja, con tono de reproche.

—¡Claro está, vergüenza! Siempre lo sentí así; ya en aquellos días me avergonzaba y desde entonces mi sentimiento no ha cambiado. ¡Ser infeliz es una vergüenza! ¡Es una vergüenza no poder mostrar a nadie lo que es mi vida, es una vergüenza tener que ocultarla, encubrirla! Pero dejemos eso, quiero contártelo todo.

Clavó sombríamente su mirada en el vaso de vino, arrojó su cigarro que se había apagado y prosiguió:

—Mientras tanto, Albert había llegado a cumplir dos años. Tanto Adele como yo lo queríamos muchísimo; a tal punto, que lo único que nos unía eran las conversaciones que manteníamos sobre él, los cuidados que le procurábamos. Sólo cuando llegó a los siete u ocho años comencé a sentir celos y a luchar con ella por conquistármelo... ¡Exactamente como hago ahora por Pierre! De pronto comprendí que el amor del niño me era absolutamente indispensable, pero durante muchos años hube de observar con creciente dolor cómo se me iba mostrando poco a poco cada vez más frío al paso que se aproximaba más y más a su madre. En un momento dado, cayó Albert gravemente enfermo; y por un tiempo, cuanto no fuera la salud del niño perdió toda importancia, de suerte que vivimos una temporada de un acuerdo mutuo tal como nunca antes habíamos pasado. En esa época fue concebido Pierre. Desde que existe en el mundo el pequeño Pierre, éste posee todo cuanto yo puedo ofrecer de amor. Adele volvió a escurrírseme de entre las manos, permití que Albert, después de su convalecencia, se estrechara cada vez más a mi mujer, que se convirtiera paulatinamente en su confidente y, por último, en mi enemigo, y llegó a serlo tanto que tuve que alejarlo de la casa. Había renunciado yo a todo, me había vuelto pobre y sin exigencias; hasta había perdido la afición a regañar a los domésticos y a disponer las cosas de la casa; así vine a convertirme, en mi propia casa, en una suerte de huésped paciente. Para mí nada quería, como no fuera a mi pequeño Pierre; cuando nuestra vida en común y la situación especial que se había creado en toda la casa por obra de Albert se tornaron insoportables, le rogué a Adele que nos divorciáramos. Lo único que yo pedía era conservar a Pierre. Todo lo demás se lo dejaba a ella: se quedaría con Albert, con Rosshalde y con la mitad de mis ingresos, y aun más estaba dispuesto a darle si consentía. Pero Adele no quiso. Eso sí, consentía en el divorcio, aceptaba de mí sólo lo necesario tocante a dinero, pero con la condición de conservar con ella también a Pierre; no estaba dispuesta a separarse del niño. Ésa fue nuestra última disputa. Una vez más, con todo, hube de intentar conquistar la paz y la felicidad; ofrecí y prometí, me humillé e incliné ante ella, amenacé y lloré y por último me enfurecí, pero todo fue en vano. Llegó a consentir en que Albert fuera alejado de su hogar. De pronto comprendí que esa mujer tan mansa y paciente era de una firmeza inquebrantable que conocía muy bien su poder y que estaba en una situación superior a la mía. Fue entonces cuando hice venir a los albañiles para que me construyeran aquí una pequeña vivienda; desde ese momento vivo aquí y todo sigue el curso que tú mismo has tenido ocasión de observar.

Burkhardt lo había escuchado con expresión pensativa sin interrumpirlo, ni aun en aquellos momentos en que parecía que Veraguth lo esperaba y hasta lo deseaba.

—Celebro —dijo por fin con prudencia— que tú mismo comprendas tan claramente la situación. Todo es aproximadamente como me lo había imaginado. Puesto que ha llegado la hora de que nos sinceremos, hablemos todavía unas palabras. Desde que me alojo en tu casa estuve esperando, lo mismo que tú, este momento. Supongamos que padeces de un absceso bien desagradable que te atormenta y del que te avergüenzas un poco. Ahora sé de qué se trata y esto ya constituye un progreso, pues no necesitas ocultármelo. Pero no podemos contentarnos con tan poca cosa; es menester que veamos si es posible extirpar el absceso y curarte.

El pintor lo miró con fijeza, sacudió pesadamente la cabeza y sonrió.

—¿Curarme? De esto nadie puede curarse. Pero corta y extirpa.

Burkhardt asintió. Quería, desde luego, cortar; no dejaría que pasara en vano esa hora.

—De todo cuanto me has contado hay algo que no comprendo muy bien —dijo Otto Burkhardt pensativo—. Me dijiste que no te habías separado de tu mujer a causa de Pierre. Quisiera saber por qué no la obligaste a que te dejara a Pierre. Al comparecer ante la justicia para tramitar el divorcio, se te hubiera otorgado a uno de tus hijos. ¿No pensaste en eso?

—No, Otto, no se me ocurrió tal cosa. No se me ocurrió que un juez con toda su sapiencia pudiera devolverme aquello que yo mismo descuidé y perdí. No era ésa la solución que buscaba. Puesto que mi poder personal no alcanzaba para hacer que mi mujer renunciara a Pierre, no me quedaba otro remedio que esperar a que el propio niño se decidiera posteriormente por uno de nosotros.

—¿De modo que se trata únicamente de Pierre y que si no fuera por el niño, sin duda estarías hace ya mucho tiempo separado de Adele y habrías encontrado un amor y una felicidad en este mundo, o, a lo menos, una vida razonable, clara, libre? En lugar de eso vives en un caos de compromisos, sacrificios y pequeños paliativos. ¡Que un hombre como tú tenga que ahogarse en semejante atmósfera!

Veraguth miró intranquilo a Burkhardt y se bebió apresuradamente un vaso de vino.

—Tú dices que me ahogo y me malogro. Sin embargo, bien ves que vivo y trabajo. ¡Que el demonio cargue conmigo si me rindo!

Otto no paró mientes en la irritación de Veraguth, sino que prosiguió en voz baja, pero firme:

—Perdona, mas lo que dices no es convincente en modo alguno. Eres un hombre de fuerzas poco comunes; de otro modo no hubieras podido resistir por tanto tiempo esta situación. Pero tú mismo adviertes hasta qué punto eso te ha dañado y envejecido; no creo que ante mí tengas el inútil orgullo de no admitirlo. Presto mayor crédito a mis propios ojos que a ti y bien veo que tu estado es miserable. Tu trabajo te mantiene vivo, pero más se trata de aturdimiento que de verdadera alegría. Malgastas la mitad de tus excelentes fuerzas en las pequeñas resistencias y disgustos que encuentras en tu vida cotidiana. En el mejor de los casos, lo que puede seguirse de tal situación no es, por cierto, la felicidad, sino, a lo sumo, la resignación. Me parece, amigo mío, que eres demasiado bondadoso.

—¿Resignación? Tal vez. A otros también les pasa lo mismo. Por lo demás, ¿quién es feliz?

—¡Feliz es aquel que tiene esperanzas! —exclamó Burkhardt con tono enérgico—. ¿Qué tienes tú que esperar? No será el éxito exterior, los honores ni el dinero; de todo eso tienes más que suficiente. Hombre, creo que sabes muy bien lo que es vida y alegría. ¡Te contentas con lo que tienes porque no puedes esperar nada! No dejo de comprenderlo, pero mira, Johann, es un estado monstruoso, tienes un absceso maligno que es preciso extirpar. ¡Si no te sientes capaz de cortar eres un cobarde!

Burkhardt se había acalorado y recorría a grandes pasos la habitación de un extremo al otro; al exponer sus ideas sobre la situación del amigo y al mantener en tensión todas sus facultades que respondían a su secreto designio, surgió de pronto en su mente, desde las profundidades del recuerdo, el rostro de Veraguth cuando era un adolescente y se le representó una escena de aquellos lejanos tiempos en que, como ahora, ambos amigos habían reñido. Pero la cabeza de Veraguth estaba esta vez gacha y sus ojos miraban fijamente el suelo. Ya no conservaba ningún rasgo de aquella cabeza juvenil de antaño. Después de haber sido tildado de cobarde, cosa que en otra época habría herido tan hondamente su sensibilidad, permanecía allí sentado, agobiado, sin dar muestras de reaccionar.

Sólo exclamó con un tono amargo, que revelaba su debilidad:

—Está bien. No tengas miramientos conmigo. Ya ves en medio de qué urdimbre tengo que vivir; bien puedes señalar con el puntero y sin alimentar ningún cuidado por mí, la vergüenza en que estoy envuelto. Prosigue, pues. No me opondré a lo que digas ni me ofenderé por ello.

Otto permaneció de pie un instante sin decir nada. Sentía compasión por su amigo, pero sobreponiéndose a sus sentimientos le dijo de modo incisivo:

—¡Pero tienes que ofenderte! ¡Tienes que arrojarme fuera de tu casa y negarme tu amistad! ¿O es que admites que tengo razón en todo cuanto te he dicho?

También el pintor se puso de pie, sólo que lo hizo de modo desmayado, sin energía.

—Pues tienes razón, si quieres saberlo —dijo cansadamente—. Lo que ocurre es que me has tenido en más de lo que realmente soy; nunca fui tan joven como tú crees, ni tan sensible a las ofensas. Tampoco tengo tantos amigos con los que pueda prodigarme. Sólo te tengo a ti. Siéntate y bebe aún un vaso de vino, que éste es bueno. No creo que en la India puedas obtener nada semejante, ni tampoco quizá muchos amigos que se muestren tan obstinados por tu amistad.

Burkhardt le golpeó suavemente los hombros y dijo casi enojado:

—Mira, no nos volvamos ahora sentimentales; ahora menos que nunca. Dime lo que tengas que censurarme y luego proseguiremos.

—¡Oh, nada tengo que reprocharte! A no dudarlo, eres un hombre al que no se puede reprochar nada, Otto. Desde hace veinte años observas cómo me voy hundiendo, observas, con sentimiento de amigo y tal vez también con alguna compasión, cómo voy desapareciendo en el cieno; sin embargo, nunca me dijiste nada, nunca me humillaste ofreciéndome tu ayuda. Te limitaste a observar cómo durante largos años todos los días estuve a punto de tomar una dosis de cianuro y, con noble contentamiento, comprobaste que no la tomaba y que terminaba por rechazar definitivamente el veneno. Y ahora que me encuentro de tal modo sumido en el lodo que ya no me es posible salir de él, vienes a hacerme reproches, vienes a amonestarme...

Veraguth tenía los ojos rojos y desconsolados, clavados frente a sí, en el vacío, y Burkhardt, al querer servirse otro vaso de vino y al encontrar la botella vacía, comprobó con tristeza que en breve tiempo su amigo se había bebido solo todo el contenido de la botella.

El pintor siguió la mirada de Burkhardt y rió con voz estridente.

—¡Oh, perdona! —exclamó nerviosamente—. Sí, estoy un poco ebrio. No te olvides de asentar eso también en mi cuenta. Ocurre que una vez cada dos meses me descuido y doy en beber un poquito..., como estímulo, ¿sabes?...

El pintor posó con fuerza ambas manos sobre los hombros de su amigo y dijo con voz más alta que súbitamente se tornó suplicante y quejumbrosa:

—Mira, Otto; no habría pensado en el cianuro ni me habría dado al vino ni a todo lo demás, si alguien hubiera querido ayudarme un poco en el momento oportuno. ¿Por qué, te pregunto, por qué me has dejado llegar tan lejos, tanto que ahora tengo que pedir una pizca de consideración y amor como un mendigo? Para Adele ya no significo nada; Albert se ha distanciado definitivamente de mí; Pierre también me abandonará algún día... y tú, tú te has limitado a contemplarlo todo sin hacer nada. ¿Es que no podías haber hecho algo? ¿Es que no podías ayudarme?

Quebróse la voz, y el pintor se dejó caer pesadamente en su silla. Burkhardt se había puesto pálido como un muerto. ¡Era mucho peor de lo que se había imaginado! ¡Que ese hombre duro y orgulloso pudiera caer, después de beber un par de vasos de vino, en tal confesión de sus máculas y miserias más ocultas!

Otto Burkhardt se acercó a Veraguth y permaneciendo de pie junto a él comenzó a hablarle suavemente al oído como lo hubiera hecho para consolar a un niño abatido.

—Te ayudaré, Johann. Tienes que creerme. Te ayudaré. ¡Fui un asno! ¡Estuve tan ciego y tonto! Escucha, todo se arreglará. Ya verás.

Burkhardt recordó que en los lejanos días de la juventud, Johann, si bien muy raras veces, había caído en accesos nerviosos de gran intensidad, durante los cuales perdía el dominio de sí mismo. Con maravillosa claridad volvió a surgir en su memoria, en donde había permanecido en estado latente, el recuerdo de un hecho ocurrido veinte años atrás. Veraguth mantenía en aquella época relaciones con una hermosa muchacha que, lo mismo que él, estudiaba pintura; Otto, habiéndose prendado de ella, le había declarado su amor; entonces, Veraguth, del modo más vivo, rompió la amistad que lo ligaba al joven. También en aquella ocasión había bebido desmedidamente, se le habían enrojecido los ojos y había, como ahora, perdido el dominio de su voz. Otto volvía a percibir ahora rasgos singulares de su amigo, olvidados en un pasado aparentemente sin nubes y, como en aquella ocasión, se espantó súbitamente al contemplar el profundo abismo, abierto de pronto ante sus ojos, abismo de aislamiento y de tormento espiritual, en que se hallaba hundida la vida de Johann. Ése era sin duda aquel misterio de que alguna vez Johann le había hablado ambiguamente y que suponía que todo gran artista debía de ocultar en su alma. De allí, pues, le venía a este hombre ese impulso inquietante, nunca satisfecho, de volver a crear el mundo una y mil veces, ése su constante afán de superación. De allí le venía también esa tristeza singular que, transferida a muchas de sus obras de arte, colmaba de tranquilas sensaciones el espíritu del espectador.

Otto experimentaba el sentimiento de no haber comprendido realmente a su amigo hasta ese momento. Ahora se hallaba contemplando las sombrías fuentes de donde el alma de Johann extraía sus energías y de donde surgían los dolores que lo atormentaban. Mas al propio tiempo sentía Otto una suerte de orgulloso, profundo consuelo, al comprobar que era a él, al viejo amigo, a quien se abría el corazón doliente de Johann, que era a él a quien éste inculpaba y a él a quien pedía ayuda.

Parecía como si Veraguth ya no se diera cuenta de todo cuanto había dicho. Tenía ahora la actitud de un niño a quien hubieran calmado en su acceso de llanto; después de un rato de silencio, exclamó con voz más clara:

—Esta vez no has tenido suerte conmigo. Todo esto se debe a que en los últimos días no pude cumplir mi trabajo cotidiano como solía. El trabajo es una necesidad de mis nervios. No puedo soportar los días de holganza.

Cuando Burkhardt pretendió impedirle que descorchara la segunda botella de vino, díjole Veraguth:

—De todos modos ya no podré dormir. ¡Quién sabe por qué seré yo tan nervioso! ¡Bah! Echemos unas copas... antes no eras tan melindroso tratándose de beber. ¡Ah! ¿Crees que no es conveniente para mis nervios? ¡Oh! Ya los pondré en orden, no temas; tengo ya experiencia de ello. En la semana venidera me levantaré todas las mañanas a las seis, trabajaré durante el día entero y por las tardes montaré a caballo una hora.

Ambos amigos permanecieron conversando uno junto al otro hasta pasada la medianoche. Johann revolvía recuerdos de otros tiempos. Otto escuchaba atento mientras veía, con satisfacción pero también casi con algún pesar, cómo terminaba por calmarse y tornarse espejeante y como pulida, la superficie de aquellas aguas profundas, de las que hacía un instante había contemplado su hondura sombría y desatada.

Capítulo VI

Al día siguiente, Burkhardt, un tanto cohibido, fue al encuentro del pintor. Esperaba encontrar a su amigo transformado, se lo imaginaba no ya conmovido, como en la noche anterior, sino fríamente burlón y avergonzado por lo acontecido. Pero Johann, por el contrario, se le presentó con rostro sereno y serio.

—De manera que mañana te marchas —le dijo cordialmente—. Está bien así; te quedo muy agradecido por todo. Por lo demás, no creas que he olvidado lo de anoche; todavía tenemos que hablar algo más sobre eso.

Aún dudando sobre si sería conveniente hacerlo, dijo Otto vacilante:

—Si así te parece... pero no quisiera volver a agitarte inútilmente. Ayer por la noche quizás hayamos removido demasiadas cosas. ¿Por qué tuvimos que esperar hasta el último momento?

Se desayunaban en el estudio.

—No importa; todo está muy bien —dijo Johann convencido—. Está muy bien así. Has de saber que no pude dormir en toda la noche, de modo que tuve ocasión de volver a considerar estas cosas con el mayor cuidado. Cierto es que has hurgado mucho en mí, casi hasta más de lo que yo podía soportar. Tienes que hacerte cargo de que durante largos años no tuve a nadie con quien hablar. Pero ahora es menester que me muestre animoso y que llegue hasta el fin; de otro modo sería yo realmente el cobarde que dijiste ayer.

—¡Oh, te sentiste lastimado! Te ruego que lo olvides.

—No, creo que casi tenías razón. Quisiera que todavía hoy pasáramos juntos un hermoso y alegre día; por la tarde podríamos salir a pasear y te mostraría un bello paisaje. Pero antes tengo que animarme, volver a recuperar mi carácter jovial. Ayer cayó sobre mí todo lo que me dijiste de modo tan repentino que no atiné siquiera a reflexionar. Hoy es distinto; he meditado sobre todo. Me parece que ahora comprendo bien lo que quisiste decirme anoche.

Hablaba tan serena y cordialmente que Burkhardt terminó por hacer a un lado sus escrúpulos.

—Si verdaderamente me has comprendido, lo celebro, pues ya no tendremos necesidad de comenzar desde el principio. Me contaste cómo habían ocurrido las cosas y cuál es su estado actual. Me dijiste además que sólo a causa de que no querías separarte de Pierre continuabas aún unido en matrimonio a Adele y aferrado a la equívoca situación en que vives, ¿no es así?

—Sí, es exactamente lo que te dije.

—Ahora bien, ¿cómo te imaginas que terminará todo esto? Me parece que asimismo me expresaste anoche tus temores de que Pierre, con el tiempo, también te abandonará. ¿O no es así?

Veraguth emitió un doloroso suspiro, al paso que hundía la frente entre sus manos; sin embargo, mantuvo el tono sereno de su voz cuando exclamó:

—Sí, tal vez lo pierda. He ahí el punto que me atormenta. ¿Es que, a tu juicio, debería renunciar también al pequeño?

—Pero, claro está, desde luego. Ese niño ya te cuesta años y años de lucha con tu mujer, que difícilmente te lo cederá.

—Es posible. Pero mira, Otto, ¡Pierre es lo único que tengo! Me encuentro en medio de un montón de ruinas; si yo muriera hoy, salvo tú, a lo sumo unos cuantos críticos de los periódicos se sentirían conmovidos. Soy un pobre hombre, pero poseo a este hijo, tengo, así y todo, a este pequeño mío por el que vivo y por el que sé qué es amor, por el que padezco y por el que me olvido de mí mismo en horas felices. Tienes que comprender bien todo cuanto este niño significa para mí. ¿Y quieres que renuncie a él?

—Ya sé que no es fácil, Johann. Es la tuya una alternativa endiablada; pero no conozco otro remedio. Escucha; tú ya ni sabes qué aspecto tiene el mundo fuera del círculo en que vives encerrado como un fanático; te hallas sepultado en tu trabajo y en tu desdichado matrimonio. Da el paso que te digo y verás cómo desaparecen todas tus desazones de una vez para siempre; volverás a ver entonces el mundo con sus millares de hermosas cosas que te aguardan. Desde hace mucho tiempo no te has movido sino entre cosas muertas, de manera que has perdido el contacto con la vida. Dependes de Pierre; cierto es que se trata de una criatura encantadora, pero eso no es lo decisivo. Sé por una vez draconiano y pregúntate fríamente si el niño tiene en verdad necesidad de ti.

—¿Si tiene necesidad de mí?...

—Sí; lo que tú puedes darle es amor, ternura, sentimientos... cosas éstas que por lo general los niños necesitan menos de lo que las personas mayores nos imaginamos. ¡Y en nombre de esas cosas haces que ese niño crezca en una casa donde el padre y la madre ya no se conocen, donde el uno y la otra llegan hasta a sentir celos a causa suya! Es decir, que ese niño no se educará en el buen ejemplo de una casa feliz y sana, madurará prematuramente y terminará por convertirse en un ser extraño. Y por último, permíteme que te lo pregunte, ¿es que un día tendrá que elegir entre su padre y su madre? ¿Es que no puedes comprender lo que esto significaría?

—Tal vez tengas razón. Hasta estoy dispuesto a admitir que la tienes, sin más. Pero es en este punto donde el pensamiento mío se niega a avanzar. Pendo del niño y me aferro a su amor porque desde hace mucho tiempo es el único calor, la única luz que conozco. Puede que dentro de un par de años me dé una puñalada, puede que llegue a desilusionarme, puede que llegue hasta odiarme... así como me odia Albert, que cuando tenía catorce años me arrojó en una ocasión un cuchillo de mesa. Sin embargo, siempre está el hecho de que en estos años que quedan puedo tenerlo junto a mí, puedo quererlo, puedo estrechar entre las mías sus manecitas delicadas y oír su vocecilla clara de pajarillo. Di, ¿tengo que renunciar a eso? ¿Tengo que hacerlo?

—Sí, Johann, tienes que hacerlo —dijo Otto Burkhardt en voz muy baja—. Creo que tienes que hacerlo irremisiblemente. No es preciso que lo hagas hoy, pero sí que sea pronto. Debes apartar de ti todo lo que ahora posees e introducirte en un baño que te libere de todo vestigio del pasado; de otro modo, nunca podrás volver a contemplar el mundo con ojos serenos y libres. Haz lo que quieras; si no te sientes capaz de dar el paso, quédate aquí y continúa viviendo la vida que has llevado hasta ahora... Yo, por mi parte, te pertenezco, nunca podría defraudarte, bien lo sabes. Pero eso sí, no te oculto que sufriría por ti.

—Aconséjame. Delante de mí no veo sino oscuras tinieblas.

—Muy bien, te aconsejaré. Estamos ahora en el mes de julio; en el otoño próximo me vuelvo a la India. Antes de partir, vendré a verte y espero que para entonces tengas ya los baúles preparados a fin de que podamos emprender el viaje juntos. Si en ese momento has llegado a adoptar una resolución definitiva, pues tanto mejor. Si todavía no te has resuelto, ven de todos modos conmigo por un año, digamos, o, si quieres, por medio año; lo importante es que dejes de respirar por un tiempo esta atmósfera. Alojado en mi casa podrás pintar y montar a caballo, podrás también cazar tigres o enamorarte de alguna malaya —las hay bonitas, te lo aseguro—; en todo caso siempre estarás una temporada lejos de aquí, lo que te brindará la oportunidad de probar si no es posible vivir mejor de lo que tú lo haces. ¿Qué opinas de mi consejo?

Con los ojos cerrados el pintor balanceaba su cabeza grande, cubierta de enmarañado cabello, en la que se destacaba la palidez del rostro y la boca recogida.

—Gracias —exclamó sonriendo a medias—. Gracias, es muy gentil de tu parte. En otoño te diré si viajaré contigo. Hazme el favor de dejarme las fotografías.

—Quédate con ellas... pero... ¿no podrías decidirte ya hoy o mañana acerca del viaje? Sería mucho mejor para ti.

Veraguth se levantó y se dirigió hacia la puerta.

—No, no puedo. ¿Quién sabe lo que ha de acontecer mientras tanto? Hace ya muchos años que no me separo de Pierre sino por tres, cuatro semanas, a lo más. Creo que emprenderé el viaje contigo, pero ahora no quiero decir nada de lo que después pueda arrepentirme.

—Entonces dejemos las cosas como están. Te he de comunicar de todos modos en qué lugares me encuentre. Si un día te decides a enviarme un telegrama en el que me anuncies que estás dispuesto a realizar el viaje, no quiero que muevas un solo dedo para prepararlo. Eso es asunto mío. Lleva, eso sí, tus utensilios de pintura y tu ropa blanca; de todo lo demás me ocuparé yo en Génova.

Veraguth lo abrazó sin pronunciar una palabra.

—Me has ayudado, amigo mío; esto es algo que nunca olvidaré. Haré que preparen el coche; saldremos a pasear; hoy no nos esperan para el almuerzo. ¡No haremos otra cosa que pasarnos juntos un hermoso día de holganza, como en aquellos tiempos, de las vacaciones de verano! Pasearemos por el campo, entraremos en unas cuantas aldeas y nos echaremos a descansar a la sombra del bosque; comeremos truchas y beberemos ese vino tan bueno del país en gruesos vasos de vidrio. ¡Qué hermoso tiempo el de hoy!

—Pues no tenemos otro desde hace diez días —dijo riendo Burkhardt; y Veraguth también rió.

—¡Ah, sí me parece que el sol nunca brilló con tanta intensidad!

Capítulo VII

Después que Burkhardt se hubo marchado, invadió al pintor un extraño sentimiento de soledad. Esa misma soledad en la que había vivido año tras año y a la que, por un largo hábito, se había hecho duro y hasta casi insensible, se le presentaba ahora como un enemigo desconocido, enteramente nuevo, que lo acosaba y ahogaba. Al propio tiempo sentíase Veraguth más separado que nunca de su familia y aun de Pierre. Es que, sin saberlo él mismo con claridad, por primera vez había decidido acerca de las relaciones que tendría con ellos.

En muchos momentos llegó a conocer la sensación desdichada, humillante, del aburrimiento. Hasta ahora Veraguth había llevado la vida no natural, pero consecuente, de un hombre emparedado por su propia voluntad, para quien la existencia, falta de todo interés, más es una carga que verdadera vida. La visita del amigo había abierto muchos agujeros en su celda de recluso y a través de millares de ellos penetraba hasta el solitario la vida que resplandecía y cantaba, que exhalaba sus perfumes encantados; se había roto el viejo hechizo y aquel que despertaba a la vida percibía sus reclamos con tal violencia que éstos le producían casi dolor.

Se lanzó entonces con furia al trabajo; dio comienzo casi simultáneamente a dos grandes composiciones; su día de labor comenzaba a la salida del sol con un baño frío; trabajaba luego sin pausa hasta el mediodía; tras breve descanso se mantenía despabilado gracias al café y al tabaco; por las noches solía despertarse con palpitaciones al corazón o dolor de cabeza. Pero por más que se fatigara y se abismara en sus obras, en el fondo de su conciencia hallábase permanentemente vivo, aunque cubierto por

77

sutiles velos, el sentimiento de que para él había aún una salida de su situación y de que, en cualquier momento, con un rápido paso podría alcanzar la libertad.

No quería pensar en ello, de suerte que se esforzaba cada vez más por ahogar todo pensamiento al respecto. La sensación que dominaba al pintor podría expresarse así: "En cualquier instante puedes salir del encierro; la puerta está abierta; puedes romper tus cadenas; pero hacerlo te costará un sacrificio duro, muy duro... por eso no pienses en ello, sobre todo, no pienses en ello". Esa resolución que Burkhardt aguardaba de él y a la que tal vez su propia naturaleza se inclinaba ya secretamente, se hallaba presente en su alma como la bala en la carne de un herido; la cuestión estaba sólo en que, supurando, se abriera camino para salir al exterior o bien en que se quedara adentro enquistada. La herida segregaba pus y producía dolor, pero todavía no el que Veraguth temía que habría de experimentar cuando realizara el sacrificio exigido. De manera que no hacía él nada por activar el proceso; dejaba que su oculta herida ardiera, sintiendo, no obstante, una curiosidad desesperada por conocer en qué iría a parar su vida.

En medio de tal tribulación pintaba Veraguth un gran cuadro cuyo plan había meditado cuidadosamente durante mucho tiempo sin, empero, ponerlo por obra: ahora se había sentido súbitamente impulsado a realizarlo. La idea que quería expresar habíala concebido Veraguth años atrás y le había procurado en aquella época gran contentamiento: mas a medida que iba pasando el tiempo encontrábala el pintor cada vez más vacía y artificialmente alegórica, de suerte que vino por fin a resultarle hasta antipática. Sin embargo, ahora el cuadro había cobrado de pronto vida en su espíritu y Veraguth comenzó a pintarlo apoyándose en la frescura de su fina visión interior, en la que la alegoría había perdido toda significación.

Representaba el cuadro tres figuras humanas: un hombre, una mujer, abismado cada cual en su propio mundo y extraño el uno al otro, y un niño, situado entre ambos, que jugaba tranquilo y contento, sin advertir las pesadas nubes que se cernían sobre su cabeza. La significación de cada uno de los personajes no dejaba lugar a dudas; pese a ello, el hombre de la tela no tenía las facciones de Veraguth ni la mujer las de su esposa; sólo el niño del cuadro era realmente Pierre, aunque representado tal como había sido unos años antes. El pintor trabajaba en la figura de ese niño con toda la nobleza de su arte y todo su ardor; las figuras de ambos lados estaban situadas según el principio de una rígida simetría, imágenes severas, dolientes, de una soledad total; el hombre, con la cabeza apoyada en una mano, aparecía entregado a honda meditación; la mujer, perdida en un ensueño doloroso y un poco apático en su vacuidad.

Robert, el criado, estaba pasando días poco agradables. El señor Veraguth se había tornado extremadamente nervioso. Cuando trabajaba no sufría que en las habitaciones contiguas al estudio se hiciera el menor ruido.

La íntima esperanza que había concebido después de la visita de Burkhardt ardía en su pecho con fuego renovado que reducía a cenizas su oculta porfía y obstinación y coloreaba sus sueños nocturnos con luces hechiceras y excitantes. No quería escuchar la voz de esa esperanza, no quería saber nada de ella; lo único que anhelaba era trabajar y mantener su corazón en paz. Mas no lograba encontrar esa ansiada paz interior; experimentaba cómo se derretía el hielo de su vida sin alegrías y cómo vacilaban los pilares en que se asentaba su existencia actual; en sueños, contemplaba su estudio, ya cerrado y desmantelado, a su mujer que emprendía un viaje de separación definitiva llevándose consigo a Pierre, y veía cómo el niño extendía hacia él sus bracitos delicados. Por las noches permanecía muchas veces hora tras hora en sus incómodas y pequeñas habitaciones del estudio, abismado en la contemplación de las fotografías de la India que le había dejado Otto Burkhardt, hasta que, apartándolas de sí, terminaba por cerrar sus ojos cansados.

Libraban en su interior duro combate dos potencias, pero la esperanza era la más fuerte de ellas. Una y mil veces volvió a recordar sus conversaciones con Otto; cada vez más cálidos brotaban deseos y necesidades sofocados desde el fondo de su naturaleza vigorosa, donde habían permanecido largo tiempo como aprisionados y entumecidos; y a este resurgir primaveral, a este cálido reverdecer de su vida no podía resistir el antiguo engaño, esa enfermiza creencia de que él era un hombre viejo que ya nada tenía que hacer sino sobrellevar la carga de su vida. Habíase interrumpido esa honda y poderosa hipnosis de la resignación en la que había caído, y ahora fuerzas inconscientes e impulsivas de una vida reprimida y engañada invadían cálidas todo su ser.

Cuanto más claras resonaban las voces de la esperanza en su alma, tanto más temerosa se tornaba la conciencia del pintor frente al dolor que habría de producirle el despertar último de su vida. Cada vez cerraba con mayor violencia sus ojos deslumbrados, al paso que todas sus fibras se resistían febriles, cada vez más, a realizar el sacrificio necesario.

Rara vez se mostraba Johann Veraguth en la residencia; se hacía servir casi siempre el almuerzo en el estudio y pasaba muchas veces las noches en la ciudad, donde comía. Cuando se encontraba con su mujer o con Albert, se comportaba, no obstante, con serenidad; mantenía una actitud suave, de suerte que parecía haber olvidado todo sentimiento hostil.

Daba asimismo la impresión de preocuparse por Pierre menos que antes, cuando por lo menos una vez al día se esforzaba por atraer hacia sí al pequeño o bien salía a pasear con él por el jardín. Ahora pasaban días enteros sin que el pintor viera al niño o preguntara por él. Si lo encontraba ocasionalmente en el parque, lo besaba pensativo en la frente, lo miraba tristemente a los ojos con expresión un tanto ausente y proseguía luego su camino.

En una ocasión se llegó por la tarde, Veraguth, hasta el jardín de los castaños; el aire estaba tibio y soplaba una tenue brisa; una llovizna casi caliente caía lentamente en menudas gotas. A través de las ventanas abiertas oíase la música que estaban tocando en la casa. El pintor permaneció un instante inmóvil para escucharla. No conocía la pieza que se estaba ejecutando. Poseía esa música una belleza seria y pura en su severidad equilibrada y bien calculada; Veraguth la escuchó pensativo y con alegría. "Es extraño", pensó, "ésta es una música para gente seria y vieja". En efecto, era una música viril y sobria que nada tenía de aquellos báquicos acentos de la música que él mismo había amado por encima de todo en los lejanos tiempos de su juventud.

Entró silenciosamente en la casa, subió por la escalera y, sin anunciarse ni hacer ruido alguno, se presentó en el salón de música donde sólo la señora Adele advirtió su llegada, Albert tocaba y su madre se hallaba de pie escuchando y apoyada en el piano. Veraguth se sentó en el sillón más próximo a él, inclinó la cabeza y se puso a escuchar la música. En un momento levantó la vista y la posó un instante sobre su mujer. Aquí estaba ella en su casa; precisamente en esa habitación había vivido años silenciosos y de desengaño, del mismo modo que él los había pasado allá abajo, en el estudio y junto al lago; sólo que ella había tenido siempre a Albert, lo había acompañado en todo y he aquí que ahora ese hijo era su huésped y amigo y vivía con ella. La señora de Veraguth se mostraba ya un tanto avejentada; había aprendido a guardar silencio, a ser mansa y a contentarse con lo que tenía; su mirada se había hecho firme y su boca algo seca, pero no era un ser desarraigado, sino que se erguía con seguridad en su propia atmósfera, de manera que el aire que respiraba era el mismo en que vivían sus hijos. No era capaz de grandes transportes de alegría ni de dar a sus seres amados una ternura impetuosa; es decir, que le faltaba todo aquello que su marido en otros tiempos se había obstinado en buscar en ella; pero a su alrededor se percibía la atmósfera del hogar, de la intimidad; los rasgos de su rostro, así como todo su ser y hasta las habitaciones en que vivía, revelaban carácter y firmeza; era, pues, éste un terreno seguro en el que los hijos podrían crecer y educarse y al que luego se mostrarían agradecidos.

Veraguth volvió a bajar su cabeza tranquilizado. Aquí no había nadie que pudiera perder algo en el caso de que él desapareciera para siempre. No era indispensable en esta casa. En cuanto a él mismo, en cualquier parte del mundo podría volver a tener un estudio y rodearse de la atmósfera de ardoroso trabajo y actividad que constituían su vida, sólo que nunca tendría un hogar. Claro está que lo sabía desde largo tiempo atrás, pero aceptaba de buena gana su situación.

Albert había terminado de tocar la pieza de música. Advirtió, tal vez por la mirada de su madre, que alguien había entrado en el salón. Se volvió y al ver al pintor su rostro cobró una expresión de asombro y desconfianza.

—Buenas tardes —dijo Veraguth.

—Buenas tardes —respondió el joven, un tanto cortado, mientras se apresuraba a inclinarse sobre el armario donde se guardaban las partituras.

—¿Has estado tocando? —preguntó Veraguth con cordialidad.

Albert se encogió de hombros como si quisiera preguntar: "¿Acaso no lo has oído?". Pero se puso encarnado y ocultó su rostro entre las divisiones del armario.

—Muy bonito era lo que tocabas —prosiguió diciendo el pintor, con una sonrisa. Bien advertía hasta qué punto su visita molestaba a la señora Adele y a su hijo; por eso dijo no sin cierta malicia—: Te ruego que toques algo aún. ¡Lo que quieras! Veo que has hecho grandes progresos.

—¡Oh, no creo! —se defendió Albert molesto.

—¡Oh, sí, toca algo; te lo ruego!

La señora de Veraguth miró inquisitivamente a su marido.

—Vamos, Albert, siéntate y toca esto —dijo alargándole un cuadernillo de música. Al hacerlo, su manga rozó un diminuto florero de plata con forma de canastillo colmado de rosas que se hallaba sobre el piano de cola, de suerte que cayeron sobre la negra y reluciente madera los pétalos pálidos y marchitos.

El joven se sentó en el taburete del piano y comenzó a ejecutar una obra. Hallábase turbado e iracundo, de modo que tocaba rápido y sin gusto, como si estuviera cumpliendo un fastidioso deber. Su padre escuchó un momento con atención, mas luego se hundió en sus reflexiones, terminó por levantarse de pronto y por salir de la habitación sin hacer ruido aun antes de que Albert hubiera terminado de interpretar la pieza. Al marcharse, oyó cómo el joven martilleaba furiosamente el teclado e interrumpía su ejecución.

"A éstos no les faltará nada cuando yo no esté aquí", pensó el pintor mientras descendía por la escalera. "¡Dios mío, cuánto nos hemos distanciado! ¡Y pensar que una vez constituíamos una familia!".

En la galería se encontró con Pierre que iba corriendo a su encuentro; el niño estaba radiante y presa de gran excitación.

—¡Oh papá! —exclamó sin aliento—. ¡Qué suerte que te encuentro! Imagínate, aquí tengo un ratón, un ratoncito pequeñito y está vivo. Mira, lo tengo en la mano... ¿no ves sus ojos? El gato amarillo lo cazó y una vez que lo tuvo se puso a jugar con él. ¡Cómo lo martirizaba! Lo dejaba escapar un corto trecho y luego volvía a echársele encima, y así muchas veces, hasta que yo, rápido, pero muy rápido, cogí el ratón y se lo saqué en sus propias narices. ¿Qué te parece? ¿Qué haremos con el ratoncito?

Invadido de alegría, el niño elevaba la mirada hacia su padre, mas sin dejar de estremecerse cada vez que el animalillo que tenía cogido en la mano se revolvía y emitía sus breves chillidos de temor.

—Lo dejaremos en libertad en el jardín —dijo Veraguth—. Ven conmigo.

Pidió entonces un paraguas, y tomando al niño de la mano salió con él. Afuera, la llovizna que caía desde un cielo ya más claro era muy fina; los lisos y mojados troncos de las hayas relucían negros como si fueran de hierro fundido.

Veraguth y Pierre se detuvieron bajo el exuberante follaje de varios árboles, cuyas ramas se anudaban entre sí. Agachándose con precaución, el niño fue abriendo poco a poco su mano. Su rostro se había coloreado y las pupilas le brillaban radiantes a causa de la tensión nerviosa de que era presa. Mas de pronto, cual si se le hubiera tornado insoportable la espera, abrió de golpe su manecita. El ratón, un diminuto animalillo, casi recién nacido, abandonó ciegamente su prisión, anduvo un trecho y luego se detuvo ante un cordón de gigantescas raíces entretejidas que emergían de la superficie del suelo. Veraguth y Pierre vieron sus costados que se movían vivamente a impulsos de una respiración anhelante y sus ojillos negros y brillantes que, medrosos, miraban a su alrededor.

Pierre comenzó a vociferar y a batir palmas. El ratón, espantado, desapareció como por obra de encantamiento en el suelo. Veraguth pasó suavemente su mano sobre el espeso cabello del niño.

—¿Vienes conmigo, Pierre?

El pequeño puso su mano derecha en la izquierda del padre y se dejó conducir.

—Ahora el ratoncito estará ya en su casa, contándole a su mamá y a su papá todo lo que le pasó.

El niño continuaba hablando atropelladamente mientras el pintor le tenía asida con fuerza su manecita cálida y tierna; cada palabra o grito del niño le llegaba al corazón al que hacía palpitar con fuerza, al paso que Veraguth se sentía nuevamente envuelto en el hechizo de ese amor.

¡Ah, nunca en su vida podría volver a experimentar por nadie un amor semejante al que sentía por el pequeño! Jamás volvería a vivir instantes de esa ternura tan plenamente radiante y cálida, de olvido tan completo de sí mismo, como los que estaba viviendo ahora junto a Pierre, junto a esa hermosa y última imagen de su propia niñez.

El donaire del niño, su gracia, su risa, la frescura de su pequeño ser, eran los últimos acentos de alegría pura en la vida de Veraguth; al menos, tal le parecía a éste. Todas esas cosas constituían para él lo que para un jardín otoñal el último florecimiento tardío de los rosales.

—¿Por qué no quieres a Albert? —preguntóle de pronto Pierre.

Veraguth oprimió aún con mayor fuerza la mano del niño.

—¡Pero sí que lo quiero! Lo que ocurre, es que él prefiere a su madre y yo no puedo hacer nada contra eso.

—Creo que él, en verdad, no te quiere, papá. Y, ¿sabes?, me parece que a mí tampoco me quiere como antes. Se pasa las horas tocando el piano o permanece solo en su habitación. El primer día cuando llegó y le hablé de mi propio jardín, este que yo mismo cuido, puso cara de gran admiración y me dijo: "Mañana veremos tu jardín". Pero ni al día siguiente ni después me preguntó nada sobre él. No me parece que sea un buen camarada conmigo; por lo demás, lleva ahora un bigotillo que le da importancia. Y como siempre está con mamá casi nunca puedo yo, como antes, estar a solas con ella.

—No olvides que Albert permanecerá aquí sólo por unas semanas, hijo. Pero mira, cuando no encuentres sola a mamá, puedes venir a verme a mí. ¿No te gusta?

—No es lo mismo, papá. Muchas veces me gusta estar contigo y otras prefiero estar con mamá. Además, tú siempre estás tan terriblemente ocupado con tu trabajo que no quisiera molestarte.

—Pero eso no tiene que detenerte, Pierre. Si tienes ganas de ir a verme al estudio no dejes nunca de hacerlo, ¿comprendes?... nunca, aun cuando me encuentre yo trabajando.

El niño no respondió. Se limitó a mirar a su padre y lanzar un suspiro.

—¿No te parece bien lo que te dije? —preguntó Veraguth angustiado al percibir la expresión del rostro de Pierre que minutos antes había reflejado el ruidoso placer del niño y que ahora se había mudado y parecía propia de una persona mayor.

Veraguth repitió su pregunta:

—Pero dime, Pierre: ¿es que no estás contento conmigo?

—Claro que sí, papá. Lo que pasa es que no me gusta mucho ir a verte cuando estás pintando. Antes iba muchas veces y...

—Y bien, ¿no te gustaba acaso?

—¿Quieres que te lo diga, papá? Cuando voy a visitarte al estudio, tú no haces sino pasarme la mano por la cabeza, no me dices nada y me miras con ojos muy distintos de los que tienes siempre, sí, hasta me miras con malos ojos. Y cuando te digo algo, bien se ve en tu mirada que no me escuchas; no haces sino decir "sí, sí", sin atenderme siquiera un poquito. ¡Y cuando voy a verte y te digo algo, quiero que me atiendas y escuches!

—Tienes razón, Pierre; pero así y todo no dejes de ir a verme al estudio. Piensa que cuando me encuentro entregado a mi trabajo, para realizarlo debo concentrarme mucho y no me es posible, a veces, salir de golpe de mi ensimismamiento para atenderte en el momento mismo en que tú llegas. Sin embargo, he de procurar hacerlo cuando vuelvas a visitarme.

—Ah, sí, ya comprendo. A mí me pasa muchas veces lo mismo. Cuando me hallo pensando en alguna cosa interesante, a menudo ocurre que de pronto alguien me llama; entonces tengo que interrumpir mis reflexiones y acudir... eso es muy... fastidioso. En ocasiones me gusta pasarme todo el día callado y meditando, pero no puedo hacerlo porque precisamente me mandan que juegue o que estudie; te aseguro que eso me produce gran disgusto.

Pierre miraba al vacío frente a sí, haciendo penosos esfuerzos por expresar lo que pensaba. Era ésta una cuestión ardua, difícil de comprender enteramente y, con tanta mayor razón, de explicar.

Mientras tanto, habían llegado a la habitación en que vivía Veraguth. Éste se sentó y puso al niño sobre sus rodillas.

—Comprendo muy bien lo que quieres decirme, Pierre —dijo sosegadamente el pintor—. ¿Quieres mirar cuadros o prefieres dibujar? Me parece que lo que podrías hacer es dibujar la historia del ratón al que pusimos en libertad. ¿Qué te parece?

—¡Oh, sí, eso haré! Pero entonces necesitaré una gran hoja de papel.

De un cajón de la mesa extrajo Veraguth una hoja de papel de dibujo, sacó punta a un lápiz y acercó una silla al niño. De rodillas sobre su asiento, Pierre comenzó en seguida a dibujar el ratón y el gato. Veraguth, para no molestarlo, se sentó a espaldas del pequeño y se puso a contemplar con ternura su cuello delicado y bronceado por el sol, su nuca suave, su cabecita graciosa y de gentil aspecto, inclinada sobre la hoja. Con labios retorcidos de impaciencia, seguía el pequeño el trabajo de su mano.

Reflejábanse claramente en los movimientos de su boca, en sus cejas fruncidas, en las arrugas de la frente, cada una de las líneas que trazaba, cada progreso, cada fracaso.

—¡Ah, pero no me sale bien! —exclamó Pierre después de un rato; apoyándose en sus manecitas sobre la mesa se irguió y observó su dibujo con ojo crítico y atento.

—No está bien —se lamentó resentido—. Papá, ¿cómo se hace un gato? Éste mío parece un perro.

El padre tomó la hoja de papel en sus manos y la contempló con serio continente.

—Vamos a borrar algunas cosas —dijo sosegadamente—. La cabeza es demasiado grande y no suficientemente redonda. Las patas son demasiado largas. Espera un segundo, y ya verás cómo sale bien.

Con precaución pasó la goma sobre la hoja de Pierre; sacó del cajón otra y dibujó en seguida en ella un gato.

—Mira, tiene que ser así. Estúdialo un poco y luego procura dibujar otro gato.

Pero la paciencia de Pierre para el dibujo ya se había agotado, de modo que hizo a un lado el lápiz y pidió a su padre que junto al gato ya hecho dibujara otro gatito, y luego un ratón, y luego al propio Pierre en el momento de liberar al ratón de las uñas del gato; y por último tuvo que dibujar Veraguth, a instancias del pequeño, un coche con caballos y cochero.

Llegó un momento en que también este entretenimiento se le hizo aburrido al niño. Entonces, entonando una canción y bailoteando, recorrió dos o tres veces el estudio, miró por la ventana para saber si aún continuaba lloviendo, se acercó bailando a la puerta y salió.

A través de las ventanas resonó su canción infantil cantada a voz en cuello; luego sobrevino el silencio y Veraguth se quedó sentado y solo con la hoja en que había dibujado los gatos en la mano.

Capítulo VIII

De pie ante el gigantesco cuadro en que estaba trabajando, Veraguth pintaba el vestido sutil, de color azul verdoso de la mujer; en el escote del cuello perdíase una diminuta joya de oro que brillaba con triste resplandor amortiguando el choque de la hermosa luz que no se detenía en ningún punto del rostro envuelto en sombras de la mujer ni en el vestido frío, azul, por el que resbalaba hacia abajo... y era esa misma luz, sin embargo, la que jugueteaba clara, con alegres e íntimos reflejos en los hermosos cabellos del niño.

Alguien llamó a la puerta, y el pintor, irritado, retrocedió un paso. Tras un breve instante de espera volvieron a golpear a la puerta; Veraguth, entonces, con nervioso paso, se dirigió a ella y la abrió apenas un poco.

Afuera hallábase Albert, quien en todo el período de vacaciones no había puesto los pies en el estudio de su padre. Llevaba en la mano su sombrero de paja y escrutó el rostro nervioso de Veraguth con mirada indecisa.

El pintor lo hizo entrar.

—Buen día, Albert. ¿Vienes a ver mis cuadros? No tengo muchos en este momento.

—¡Oh, no quisiera incomodarte ahora que estás trabajando! Sólo quería preguntarte...

Pero Veraguth ya había cerrado la puerta y habiendo pasado por delante del caballete que sostenía el cuadro en que trabajaba, se detuvo frente a un armario metálico con divisiones cilíndricas donde estaban guardadas las telas enrolladas. Veraguth sacó el cuadro de los pescados.

Albert se acercó un tanto perplejo a su padre para contemplar el lienzo de plateados destellos.

—¿Te interesa algo la pintura? —preguntó Veraguth con ligereza—. ¿O sólo te gusta la música?

—¡Oh, sí, me gusta mucho contemplar cuadros! Éste es maravilloso.

—¿Te gusta? Pues me alegro. Haré tomar de él una fotografía y te la regalaré. Y, ¿cómo te encuentras en Rosshalde, después de tanto tiempo?

—Muy bien, gracias, papá. En verdad no quería molestarte; sólo vine a causa de una pequeñez...

El pintor no lo escuchaba. Miró distraídamente el rostro de su hijo con los ojos fatigados que siempre tenía cuando trabajaba.

—¿Qué piensa hoy en día, la generación joven, del arte? Supongo que estarán de moda las opiniones de Nietzsche, o ¿es que todavía se lee a Taine? Era muy sesudo Taine, pero también extremadamente aburrido. ¿O los jóvenes tienen hoy otras ideas nuevas?

—No he leído aún a Taine. Por cierto que sobre tales cosas debes haber reflexionado mucho más que yo.

—Antes sí. El arte y la cultura, lo apolíneo y lo dionisíaco, y todo lo que se comentaba a su respecto, tenían para mí una importancia enorme. Hoy, en cambio, me doy por satisfecho cuando consigo realizar un buen cuadro. Ya no tengo problemas a este respecto. En todo caso, mis problemas no son de orden filosófico. Si tuviera que explicar el motivo por el cual soy un artista y pinto cuadros, diría yo que pinto porque no tengo cola.

Albert miraba estupefacto a su padre, a quien hacía mucho tiempo que no lo oía hablar de ese modo con él.

—¿Cola? ¿Qué quieres significar con eso?

—Es muy sencillo. Los perros y gatos y otros animales no sólo están dotados de cola que expresa lo que piensan, sienten y sufren, sino que, además, por medio del lenguaje de su rabo, capaz de formar millares de arabescos con maravillosa perfección, comunican la más pequeña vibración de su ser, las más insignificantes efusiones de su vida anímica. Como los hombres no tenemos cola y como los de temperamento más vivo sentimos la necesidad de expresarnos, recurrimos entonces al pincel, o al piano o al violín...

Se interrumpió cual si de pronto la conversación hubiera dejado de interesarle, o tal vez porque en ese momento percibió que estaba hablando solo y que en Albert no encontraban sus palabras eco favorable.

—Te agradezco tu visita —dijo bruscamente, sin transición alguna.

Ya estaba otra vez frente al cuadro en que trabajaba; había tomado la paleta y clavaba en la tela la vista buscando el punto en que había dado la última pincelada.

—Perdona, papá; quería preguntarte algo...

Veraguth se volvió con mirada ausente, desvinculada de toda otra cosa que no fuera su trabajo.

—¿Sí?

—Quisiera llevar a Pierre a dar un paseo en coche conmigo. Mamá ha aprobado mi proyecto, pero me dijo que también tenía que pedirte permiso a ti.

—¿Hasta dónde piensas llegar?

—¡Oh! Será un paseo de un par de horas por el campo; tal vez lleguemos a Pegolzheim.

—Bien... ¿Quién conducirá el coche?

—Yo, desde luego, papá.

—Lleva, pues, contigo a Pierre. Pero con un solo caballo, con el bayo oscuro.

—¡Ah, pero me hubiera gustado mucho más conducir el coche con doble tiro!

—Lo siento. Si vas solo puedes conducir el coche como más te plazca, pero yendo con Pierre lo harás únicamente con el bayo oscuro.

Albert se retiró un tanto defraudado. En otro momento quizás hubiera porfiado en su demanda, pero viendo ya al pintor entregado a su trabajo, en su estudio, en esa atmósfera de sus cuadros, su padre se le impuso esta vez de tal modo a pesar de toda la resistencia interior del joven, que éste se sintió frente a aquél, cuya autoridad nunca reconoció, lamentablemente infantil y débil.

El pintor pronto se abismó nuevamente en su trabajo; había olvidado la interrupción y se había sustraído por entero al mundo exterior. Con mirada severa y concentrada, comparaba la superficie de la tela con las imágenes vivas que alentaban en su interior. Percibía la música de la luz, que en torrentes sonoros se dispersaba, y volvía a concentrarse; veía cómo se fatigaba de las resistencias que encontraba en su fluir, cómo embriagada e invencible triunfaba una y otra vez sobre cada superficie, cómo con humor más caprichoso, si bien impecable, jugueteaba en los colores con los más exactos matices, interrumpiéndose millares de veces el curso de su irradiación, pero conservándose ella misma intacta e infatigablemente fiel a su ley innata, a pesar de sus millares de laberintos luminosos y juguetones. Y Veraguth saboreaba profundamente el áspero placer del arte, la severa alegría del creador, para llegar a la cual era preciso darse todo entero de un modo que rayaba en el aniquilamiento; y vivía así esos dichosos momentos de libertad, alcanzada sólo por la represión y el dominio celosos de toda arbitrariedad, momentos de plenitud que sólo se dan en la obediencia ascética al sentimiento de la fidelidad a sí mismo y a la realidad.

Era el suyo un destino extraño y triste, pero, no más extraño y triste que el de todo ser humano: este excelso artista a quien sólo le parecía posible ejercer su arte manteniéndose en la más profunda fidelidad a sí mismo y alcanzando el grado máximo de clara concentración de que era capaz, ese hombre en cuyo estudio de artista no se permitía el menor capricho ni experimentaba la más leve vacilación e inseguridad, no había sido en toda su vida sino un *dilettante*, un prudente buscador de la felicidad; y aquel de cuyas manos no salía nunca una tela o una tablilla defectuosa, padecía hondamente el tormento del sombrío peso de incontables días y años fallidos, de frustrados intentos realizados en procura del amor y de la vida.

No tenía, con todo, conciencia de ello. Desde tiempo atrás no sentía la necesidad de desplegar con claridad ante sus ojos el cuadro de su vida. Había sufrido y se había defendido del sufrimiento, primero rebelándose contra el dolor y terminando luego por resignarse, de suerte, que había dado en dejar que las cosas siguieran su curso en tanto que él sólo se cuidaba de su trabajo. Y por obra de su naturaleza enérgica y tenaz, todo cuanto su vida perdió en riqueza, profundidad y calor, fue a enriquecer, ahondar e infundir ardiente fuego a su arte. De manera que vino a quedarse solitario, acorazado contra el mundo, cual una criatura hechizada, hondamente ensimismada en su voluntad de artista y en una actividad desmedida; y era su ser de tal condición y tan pertinaz que no vela la pobreza de semejante vida ni quería reconocerla.

Tal era la situación espiritual de Veraguth antes de que la visita de su amigo lo conmoviera tan hondamente. Desde entonces experimentaba el pintor una suerte de angustioso presentimiento de peligro, de un nuevo destino que se aproximaba a su soledad; presentía que le aguardaban pruebas y luchas de las cuales no podrían salvarlo su arte ni su actividad. Su lastimada y sensible condición de hombre presentía el ataque, mas se sabía falto de raíces donde aferrarse y de fuerzas para resistirlo. Sólo muy lentamente íbase acostumbrando su alma solitaria y aislada del mundo al pensamiento de que era preciso beber el cáliz del dolor culpable hasta las heces.

Luchando contra esos amenazadores presentimientos, espantándose ante la idea de comprenderlo todo claramente y de tomar resoluciones definitivas, manifestóse la naturaleza entera del pintor, cuando, acaso por vez postrera, haciendo un supremo esfuerzo, cual el animal perseguido por los cazadores que reúne todas sus energías para dar el salto que ha de salvarlo, Johann Veraguth creó en esos días de angustia íntima una de sus obras mas bellas y profundas, la del niño que jugaba radiante en medio de las figuras taciturnas y dolientes de sus padres. Sostenidas por el mismo suelo, envueltas por el mismo aire e iluminadas por la misma luz, las figuras del hombre y la mujer hablaban de muerte y de la más amarga frialdad, en tanto que el niño situado entre ambos padres resplandecía, como iluminado por una luz propia, dorado y dichoso. Y cuando años después, algunos de sus admiradores, oponiéndose al juicio que el pintor tenía de sí mismo, dieron en considerarlo como uno de los verdaderamente grandes, lo hicieron, sobre todo, movidos por este cuadro, tan henchido del dolor del alma, si bien el autor sólo se había propuesto realizar una obra perfecta de artesanía.

En esas horas de creación no conoció Veraguth debilidad ni angustia alguna, no supo de dolor ni de culpa, ni de su vida fracasada. No estaba ni triste, ni alegre; hechizado frente a su obra y respirando anhelosamente el frío aire de la soledad creadora, nada pedía del mundo, al que había anulado y olvidado por completo. Rápida y seguramente, con ojos atormentados por el esfuerzo, iba colocando en pequeñas y cortantes pinceladas los colores sobre la tela, hacía más profunda una sombra, fijaba una hoja vacilante, hacía que un rizo suelto adquiriera mayor libertad y suavidad con la luz. En modo alguno pensaba Veraguth en lo que su obra pudiera expresar. Eso ya no le interesaba, no era más que una idea, una ocurrencia; ahora no se trataba de significaciones, sentimientos o pensamientos, sino de la pura realidad. Hasta había vuelto a atenuar un poco más la expresión de los rostros que casi se perdían en la penumbra; le tenían sin cuidado la poesía que pudiera tener el cuadro o su carácter anecdótico; pero la arruga que formaba el vestido a la altura de la rodilla era para él tan importante y sagrada como la inclinación de la frente y el ángulo de la boca cerrada. En ese cuadro no había que ver más que tres seres humanos en oposición perfecta, cada uno de los cuales, si bien relacionado con los otros por el espacio y la atmósfera, conservaba su ser propio y autónomo, circunstancia que determina, en toda obra profundamente concebida, que al contemplarla el espectador se sienta arrancado del accesorio mundo de las relaciones y colmado con la fatal necesidad de cada fenómeno representado. De esta suerte nos miran, desde los cuadros de viejos maestros, rostros de seres humanos desconocidos, de los que no sabemos los nombres ni nos importa saberlos, figuras enigmáticas y llenas de una vida profunda, símbolos de todo lo que existe.

El cuadro de Veraguth había adelantado mucho y estaba ya casi terminado. Habíase propuesto el pintor acabar la figura del dulce niño en el momento último, que sería en el día siguiente o el próximo.

Ya había pasado la hora del almuerzo cuando Veraguth comenzó a sentir apetito y miró su reloj. Se lavó y se vistió entonces apresuradamente y se dirigió a grandes pasos a la residencia, donde encontró a su mujer completamente sola sentada a la mesa.

—¿Dónde están los muchachos? —preguntó maravillado al entrar.

—Han salido a dar un paseo. ¿No fue Albert al estudio para avisarte?

Sólo en ese momento volvió a su mente el recuerdo de la visita matinal de Albert. Comenzó a comer distraídamente y un tanto turbado. La señora Adele observaba cómo su marido cortaba los manjares con aire fatigado y como sin ganas. En rigor de verdad, no lo había esperado para el almuerzo; ella ya había almorzado. De pronto, al contemplar el rostro cansado de su marido, se sorprendió al experimentar por él una suerte de compasión. Calladamente le alcanzó un platillo, le escanció vino en su copa, al paso que él, sintiéndose invadido por un sentimiento cordial, se propuso decirle algo que le agradara.

—¿Quiere Albert cultivar verdaderamente la música? Creo que tiene mucho talento.

—Sí, está muy bien dotado. Pero no sé si verdaderamente llegará a ser un artista; a lo menos no parece desearlo. Hasta ahora no se ha sentido particularmente inclinado a abrazar ninguna profesión y su ideal sería llegar a ser una especie de caballero bien educado, que practica deportes, es estudioso, aficionado al arte, y frecuenta la buena sociedad. Claro está que no podrá vivir con semejante ideal, pero ya llegará el momento en que yo se lo explique. Por ahora sé que es muy empeñoso y que posee buenas maneras; por eso no quisiera molestarlo inútilmente e inquietarlo con mis reconvenciones. Cuando alcance su madurez tendrá que prestar el servicio militar. Una vez que lo cumpla, ya veremos.

El pintor callaba. Abrió una banana y con satisfacción olió el maduro fruto, nutritivo y aromático.

—Si no te incomoda, me gustaría tomar el café aquí, contigo —dijo por fin Veraguth.

El tono de su voz revelaba cordialidad y algo de cansancio, como si quisiera expresar el deseo de estarse allí descansando un poco, gozando del bienestar de la casa.

—En seguida lo haré traer. ¿Has trabajado mucho?

Estas últimas palabras se le escaparon sin darse cuenta ella misma de lo que decía. A decir verdad, la señora Adele no quería hablar de ese tema; sólo quería, puesto que se trataba de uno de esos raros momentos de acercamiento, mostrarse un poco atenta con su marido; mas esto no era fácil, ya que había perdido la costumbre de comportarse de tal suerte.

—Sí, estuve trabajando unas horas —repuso secamente Veraguth.

Se sentía molesto por la pregunta de su mujer. Se había establecido entre ellos, desde tiempo atrás, la costumbre de no hablar nunca de los trabajos del pintor, de manera que la señora Adele ni siquiera había visto los últimos cuadros de su marido.

Advirtió ella que el instante de claridad y acercamiento se esfumaba y, no obstante, no hizo nada por retenerlo. En cuanto a Veraguth, que ya había extendido su mano para tomar la cigarrera y se disponía pedirle a su mujer permiso para fumar un cigarrillo, la dejó caer al advertir que ya no sentiría placer fumando allí.

Sin embargo, bebió sin prisa el café, hizo aún algunas preguntas referentes a Pierre, agradeció cortésmente la compañía que se le había brindado y permaneció todavía unos minutos en la habitación observando un cuadrito que muchos años antes le había regalado a su esposa.

—Se conserva muy bien —dijo en voz baja, como si hablara sólo para sí mismo—; y todavía parece bastante bonito. Sólo esas flores amarillas son realmente intolerables; dan demasiada claridad al conjunto.

La señora de Veraguth no dijo nada; la casualidad quería que precisamente esas flores tan delicadas en su color amarillo fueran lo que más le gustaba del cuadro.

Veraguth se volvió y sonrió ligeramente.

—¡Hasta luego! No te aburras demasiado hasta el momento en que vuelvan los muchachos.

Salió entonces de la habitación y bajó la escalera. Cuando estuvo abajo le salió al encuentro el perro dando grandes saltos. Veraguth le tomó con la mano izquierda ambas patas delanteras, mientras pasaba la derecha por el dorso del animal, al que contemplaba con ardientes ojos. Luego pidió el pintor a través de las ventanas de la cocina un trozo de azúcar que él mismo dio al perro, echó una mirada al soleado parque de césped y se dirigió lentamente a su estudio. Estaba hermoso el parque ese día, pero el pintor no tenía tiempo de gozarlo, debía trabajar.

En medio de la luz tranquila, diluida, del *atelier*, alzábase el cuadro. Sobre una superficie verde salpicada con unas pocas florecillas de los prados, se disponían tres figuras humanas: aparecía el hombre, encorvado y hundido en desesperanzada cavilación; la mujer, en actitud resignada, con expresión de desencanto y falta de alegría en su rostro; el niño, radiante y dichoso en medio de las flores. Sobre las tres figuras campeaba una luz intensa, ondulante, que triunfando en el espacio, lo inundaba todo y brillaba con la misma serena interioridad tanto en las corolas de las flores como en los luminosos cabellos del niño o en la diminuta joya de oro que pendía del cuello de la atribulada y taciturna mujer.

Capítulo IX

El pintor había continuado trabajando sin interrupción hasta la caída de la tarde. Hallábase ahora sentado en un sillón, con las manos sobre las rodillas y sintiéndose embotado de cansancio, vacío su espíritu de todo pensamiento; con las mejillas descoloridas y ligeramente encendidos los párpados, yacía agotado y casi sin vida como un campesino o un leñador después de haber cumplido un duro trabajo corporal.

Lo que más le hubiera gustado en ese momento habría sido permanecer allí sentado y abandonarse por entero a su cansancio y a su deseo de dormir. Mas sus hábitos y su severa disciplina no se lo permitían, de suerte que, transcurrido un cuarto de hora, recogió sus energías y se puso en pie sin echar siquiera una mirada al gigantesco cuadro que pintaba; se llegó hasta la orilla del lago donde solía bañarse y quitándose la ropa se introdujo en el agua y comenzó a nadar lentamente.

Era un atardecer de suave luz pálida y lechosa; percibíanse en el aire los ruidos, amortiguados por las emanaciones del parque, de las carretas cargadas de heno que transitaban chirriantes por el camino contiguo a Rosshalde, y las exclamaciones estridentes y risas de las muchachas y de los mozos de labranza fatigados por una jornada de trabajo. Con un ligero escalofrío salió Veraguth del agua, se masajeó escrupulosamente para entrar en calor y, ya seco y vestido, se dirigió a su pequeña habitación, donde encendió un cigarro.

Quería escribir esa tarde algunas cartas; tiró del cajón de su escritorio un tanto indeciso, pero en seguida volvió a cerrarlo con gesto irritado y llamó a Robert.

El criado acudió a la carrera.

—Dígame, ¿hace mucho que volvieron los jóvenes en el coche?

—Todavía no han llegado, señor Veraguth.

—¿Cómo? ¿Que no han llegado todavía?

—No, señor Veraguth. ¡Con tal que el señor Albert no haya exigido demasiado al bayo! Es un animal acostumbrado a marchar obedeciendo rigurosamente las reglas del manejo de un coche.

Veraguth no dijo nada. Habría deseado en ese momento tener junto a sí, por una media hora, a Pierre, al que creía hacía ya rato de vuelta. La noticia de que no había llegado todavía, lo irritó, y hasta lo inquietó un poco.

Se dirigió, entonces a grandes pasos a la residencia y, habiendo subido por la escalera, llamó vivamente a la puerta de la habitación de su esposa. Ésta lo saludó sorprendida, pues hacía mucho tiempo que el pintor no iba a buscarla tales horas a su habitación.

—Perdona —dijo Veraguth con emoción reprimida—, pero ¿dónde está Pierre?

La señora Adele miró a su marido con expresión maravillada.

—Ha salido con Albert en coche; ya lo sabes.

Mas, como advirtiera la emoción del pintor, se apresuró a agregar:

—¿Es que abrigas algún temor?

Veraguth se encogió de hombros, irritado.

—No; pero me parece que Albert no es prudente. Me habló de un par de horas. Podría, por lo menos, haber telefoneado.

—Pero, ¡si todavía es temprano! Seguramente estarán aquí para la hora de la comida.

—¡Siempre que quiero tener un ratito conmigo al pequeño, no está!

—No tienes razón en enfadarte. El que no esté aquí es una casualidad. Pierre va a visitarte al estudio con bastante frecuencia.

Veraguth se mordió los labios y salió en silencio de la habitación. ¡Era insensato enfadarse, era insensato ser impulsivo y vivaz y pedir algo de la vida! Mejor era sin duda hacer como ella, abandonarse pacientemente y pasarse la vida sentado.

Salió iracundo al patio y luego al camino. ¡No, no iba a aprender ni a practicar esa filosofía; quería conservar su alegría, quería conservar su cólera! ¡Hasta qué punto había conseguido ya esa mujer apaciguarlo y convertirlo en un ser manso y silencioso; hasta qué punto lo había envejecido y dominado, a él, acostumbrado antes a pasar alegres días llenos de bullicio y, en momentos de cólera, a romper las sillas a golpes! Ante este pensamiento se sintió invadido de enojo y amargura, así como de un imperioso deseo de ver a Pierre, cuya mirada y cuya voz constituían lo único que podía alegrarlo.

A grandes pasos recorría Veraguth la carretera en dirección al campo. De pronto, al percibir el ruido del rodar de un coche aceleró su marcha con el corazón tenso. No era Pierre. Se trataba sólo del carro de un campesino cargado de hortalizas.

Veraguth lo llamó.

—¿No ha visto usted un coche de un solo tiro, conducido por dos jóvenes?

El aldeano meneó la cabeza sin detenerse y su fuerte caballo continuó trotando con indiferencia a la suave luz crepuscular.

Al proseguir su marcha, sintió el pintor que su cólera se iba apaciguando, hasta que terminó por desaparecer. Hízose su paso más sosegado y lo fue invadiendo poco a poco una fatiga que le sentó bien; mientras caminaba despaciosamente, sus ojos descansaban agradecidos en el tranquilo y hermoso paisaje que se presentaba pálido y vaporoso a la luz vespertina.

Ya casi no pensaba en sus hijos, cuando después de una media hora de marcha vio que iba a su encuentro el coche de los muchachos. Sólo advirtió que se trataba del coche que tanto había esperado, cuando éste estuvo muy cerca. Veraguth se quedó de pie junto a un gran peral que se alzaba al borde de la carretera y cuando reconoció el rostro de Albert se hizo atrás, para evitar que lo vieran y lo llamaran.

Albert iba solo en el pescante. Pierre se hallaba a medias echado en un ángulo del coche, tenía gacha su cabeza descubierta y parecía adormecido. El coche pasó frente al pintor y éste lo siguió con la mirada, plantado al borde de la polvorienta carretera hasta que el carruaje se perdió de vista. Entonces emprendió el pintor el camino de regreso. Le hubiera gustado charlar un rato con Pierre, pero ya pronto sería la hora en que el niño solía recogerse; por lo demás, Veraguth no tenía ganas de volver a ver ese día a su mujer.

De esta suerte, pasó de largo frente al parque, a la casa y al portal del patio y se dirigió a la ciudad donde, en una taberna popular comió, leyendo los diarios del día.

Sus hijos hacía ya rato que habían llegado a casa. Albert explicó a su madre que Pierre estaba muy cansado, que no había querido comer ya nada y que se hallaba ahora acostado en su coqueto y pequeño dormitorio. Cuando Veraguth, de regreso, pasó frente a la residencia, ya no se veía en ésta ninguna luz. La noche templada y sin estrellas envolvía el parque, la casa y el lago, con negra serenidad; y del aire inmóvil comenzaban a caer menudas, finas gotas de agua.

Veraguth encendió la luz de su vivienda y se sentó ante el escritorio. Le había abandonado por completo su deseo de dormir. Tomó una hoja de carta y se puso a escribir a Otto Burkhardt. Por la ventana abierta penetraban pequeñas mariposas nocturnas e insectos, que revoloteaban por la habitación. Veraguth escribió:

Querido amigo:

Supongo que no esperabas todavía ninguna carta mía. Pero lo que tú esperabas para cuando te escribiera era más de lo que hoy puedo alcanzar. Esperabas que en el momento de escribirte reinara en mí plena claridad y que viera el averiado mecanismo de mi vida tan limpiamente en el corte anatómico como tú crees verlo. Desgraciadamente, nada de eso tengo que comunicarte. Cierto es que algún destello de luz he percibido en mí, desde aquel momento en que hablamos de mi situación, que me permite realizar algunos descubrimientos, bien penosos por cierto. Pero aún no se ha hecho en mi interior el pleno día.

No puedo, pues, decirte ahora, lo que haya de hacer o dejar de hacer más tarde. ¡Pero hemos de viajar juntos! Iré a la India contigo, de modo que te ruego que me reserves un pasaje. No podré viajar antes de que termine el verano; pero en otoño, cuanto antes sea, tanto mejor.

Quisiera regalarte el cuadro de los pescados que tuviste ocasión de ver aquí, sólo que preferiría que la obra permaneciera en Europa. ¿A dónde he de enviarla?

Aquí todo sigue como siempre. Albert continúa desempeñando el papel del hombre de mundo, de manera que nos tratamos con supremas precauciones, como dos embajadores de potencias enemigas.

Antes de que partamos para la India te espero nuevamente en Rosshalde. Tengo deseos de mostrarte un cuadro que terminaré uno de estos días. La obra es buena y me parece que constituiría un hermoso punto final en el caso de que vuestros cocodrilos tuvieran la humorada de engullirme; cosa que, por lo demás, y a pesar de todo, se me ocurre poco oportuna.

Tengo que acostarme, aunque en verdad no sé si dormiré. Hoy me pasé nueve horas trabajando frente al caballete. Tu

JOHANN.

Veraguth metió la carta en un sobre que dejó en el vestíbulo, a fin de que Robert lo llevara por la mañana al correo.

Sólo cuando el pintor sacó un instante la cabeza por la ventana antes de irse a dormir, percibió el ruido de la lluvia que desde el escritorio no había advertido. Caía el agua profusamente entre las tinieblas, y Veraguth, desde la cama, permaneció aún un buen rato escuchando cómo el aguacero caía y corría por el denso follaje y se precipitaba sonoro y a chorros sobre la tierra sedienta.

Capítulo X

—¡Pierre es tan poco divertido! —decía Albert a su madre cuando a la mañana siguiente ambos se paseaban cortando rosas por el jardín refrescado por la lluvia nocturna—. Cierto es que durante todo este tiempo no se cuidó gran cosa de mí, pero ayer te aseguro que era imposible hacerlo participar de nada. No hace mucho, cuando hablamos de hacer un paseo en coche por el país, se mostró muy entusiasmado. Pero ayer parecía como si no quisiera salir a pasear conmigo; tuve casi que rogárselo. Para mí ese paseo no constituía un gran placer, puesto que no podía conducir el coche con los dos caballos; lo hice exclusivamente por él.

—Pero luego, ¿es que no se portó juiciosamente?

—¡Ah, juicioso sí que lo fue! Pero también, ¡qué aburrido! Se comporta de un modo un tanto indolente e indiferente el jovencito. Todo cuanto yo le proponía, o le mostraba, o le ofrecía, no era digno más que de un "sí, sí" o de una sonrisa; no quiso sentarse en el pescante, no quiso aprender a conducir, ni quiso siquiera comer un albaricoque. Exactamente como un príncipe delicado y difícil de contentar. ¡Ah, estuvo irritante! Te lo digo porque verdaderamente no quisiera volver a salir de paseo con él.

La madre se detuvo un instante y clavó su mirada inquisitiva en el rostro de Albert; no pudo menos que sonreír; divertida ante la irritación y los centelleantes ojos de su hijo.

—Niño grande —le dijo bondadosamente—: tienes que tener paciencia con el pequeño. Quizá no se sintiera del todo bien; hoy por la mañana tampoco ha querido comer casi nada. Eso es cosa que a veces les pasa a los niños; contigo también ocurría lo mismo. Casi siempre son indis-

posiciones que se deben a un enfriamiento en el estómago o a una noche pasada con pesadillas. Pierre es, por
cierto, bastante delicado y sensible. Además, debes comprender que acaso se encuentre un poco celoso. Imagínate que siempre me tiene a mí para él solo y como ahora
estás tú aquí, debe compartirme contigo.

—¡Como si no estuviera gozando de mis vacaciones!
¡No es ningún tonto para no comprenderlo!

—Pero es un niño todavía muy pequeño, Albert; tú tienes que ser el que esté por encima de la situación.

Caían aún de vez en cuando algunas gotas de las fres-
cas hojas. Iban madre e hijo buscando las rosas amarillas,
que eran las que más le gustaban a Albert. Éste doblaba
los rosales, haciéndolos inclinar hacia abajo, y su madre,
con unas tijeras de jardín, cortaba los tallos de las rosas
que se hallaban aún húmedas por la lluvia de la noche.

—Dime, ¿era yo parecido a Pierre cuanto tenía su edad?
—preguntó Albert pensativamente.

La señora Adele reflexionó un instante, dejó caer la
mano con que sostenía las tijeras, miró a su hijo en los
ojos y luego, cerrando los suyos para evocar en su interior
la imagen de cuando éste era un niño, dijo:

—Exteriormente te parecías bastante a Pierre, hasta en
los ojos, sólo que eras menos esbelto, pues el desarrollo
se produjo en ti algo tardíamente.

—Pero, ¿en lo demás? Quiero decir, ¿interiormente?

—¡Oh, también tú tenías tus caprichos, querido! Pero
eras más constante; no abandonabas tus juegos o entrete-
nimientos tan rápidamente como Pierre. Él es también
mucho más exaltado de lo que tú eras; tiene menos equilibrio.

Albert tomó de manos de su madre las tijeras y se inclinó sobre un rosal.

—Pierre tiene mucho de papá —dijo el joven en voz
baja—. ¡Oh, mamá, es notable cómo se repiten y entre-
mezclan en los hijos los caracteres de sus padres y antepasados! ¡Amigos míos dicen que cada ser humano tiene
dentro de sí cuando niño todo lo que ulteriormente deter-
minará el curso entero de su vida! ¡Y pensar que nada

puede hacerse para contrarrestarlo, sencillamente nada! Por ejemplo, si alguien tiene predisposición a robar o a asesinar, nada podrá hacer contra ésta, fatalmente llegará a convertirse en un criminal. Es realmente terrible. ¿No lo crees así? Pues es algo perfectamente científico.

—No lo dudo, pero me es indiferente —sonrió la señora de Veraguth—. Si alguien llega a convertirse en un criminal, si llega a matar a un ser humano, tal vez pueda la ciencia demostrar que su crimen se debe a una predisposición innata, pero yo sé de mucha gente que, habiendo heredado de sus padres y antepasados condiciones de maldad, permanecen, no obstante, en el buen camino; y la ciencia no puede aquí investigar o explicar el fenómeno. Una buena educación y una voluntad bien templada me parecen de mayor importancia que todos los factores de la herencia. Sabemos lo que es justo y bueno, podemos aprenderlo y a ello tendríamos que atenernos. Lo que cada uno de nosotros tenga de nuestros antepasados es cosa que nadie puede establecer con precisión; por eso es mejor no contar demasiado con esas presuntas cualidades.

Albert sabía que su madre nunca se entregaba a disputas dialécticas, de manera que instintivamente sintió que ella, en su sencillo modo de pensar, tenía razón. Sin embargo, advertía bien que un tema tan grave no podía quedar agotado con las palabras de su madre; le habría gustado decir algo fundamental sobre aquella doctrina de la causalidad que tanto lo había deslumbrado cuando algunos amigos se la expusieron. Mas, habiendo ensayado mentalmente componer algunas frases claras, seguras, categóricas, y no habiéndolo conseguido, se dio cuenta de que, contrariamente a lo que ocurría con aquellos amigos a quienes admiraba, él estaba mejor dotado para la consideración moral o estética de las cosas que para su desprejuiciado tratamiento científico. De modo que renunció a seguir hablando de esa cuestión y continuó eligiendo rosas.

Pierre que, en efecto, sentía cierto malestar, y que se había despertado esa mañana mucho más tarde que de costumbre y sin alegría alguna, se había quedado en el dormitorio, rodeado de sus juguetes de niño hasta que experimentó un gran aburrimiento. Se sentía desgraciado y le parecía que tenía que ocurrir en ese insípido día algo especial que lo tornaría soportable y aun un poco alegre.

Fluctuando inquieto entre la esperanza y la incredulidad, salió de la casa y echó a andar por el jardín de los tilos buscando algo nuevo, algún hallazgo, alguna aventura. Experimentaba en el estómago una sensación de vacío que ya conocía por haberla sentido en otras ocasiones. Tenía, empero, la cabeza fatigada y pesada como nunca; lo que más le habría gustado hacer en ese momento era refugiarse entre las rodillas de su madre y llorar. Sólo que no podría hacerlo, en tanto viviera en Rosshalde su orgulloso hermano mayor, que no perdía ocasión de hacerle sentir que era todavía un niño.

¡Si por lo menos, se le ocurriera a la madre hacer algo con él, llamarlo y proponerle algún juego y se manifestara cariñosa! Pero, por supuesto, ahora estaba ella otra vez con Albert. Pierre comprendía que ése sería para él un día desdichado y que poco tenía que esperar.

Vagó sin rumbo determinado e indeciso por los senderos de guijo sosteniendo entre los dientes el seco cabo de una flor de tilo, y con las manos metidas en los bolsillos. Hacía fresco y había humedad en el jardín esa mañana, y el seco tallo que mordía tenía gusto amargo. Lo arrojó y permaneció de pie con actitud de disgusto. No se le ocurría nada que pudiera satisfacerlo; no quería ser ni príncipe, ni bandido; ni carretero ni arquitecto.

Con el ceño fruncido miró el suelo a su alrededor, con la punta del pie removió el guijo y con rápido movimiento sacó del sendero un caracol gris que arrojó lejos sobre el mojado césped. El animalito no había querido decirle nada, ni tampoco un pájaro y una mariposa; nada quería sonreírle y darle satisfacción y alegría. Todo callaba, todo aparecía descolorido, gastado y miserable. Del arbusto más próximo a él, cogió una pequeña baya de color rojo subido; tenía sabor agrio y frío. "Tendría que acostarme y dormir", pensó, "hasta que todo volviera a manifestarse de nuevo alegre y hermoso". Era insensato estar vagando de un lado a otro, lamentarse y esperar cosas que no querían presentarse. ¡Qué bien, si por ejemplo, estallara de pronto una guerra y numerosos soldados a caballo se acercaran por la carretera, o si alguien pusiera fuego a una casa o sobreviniera una gran inundación! ¡Ah, pero tales cosas sólo pasaban en los libros de cuentos; en la realidad, nunca se las podía ver y, tal vez, después de todo, ni siquiera existieran!

Entre suspiros continuó el niño caminando lentamente con su hermoso y delicado rostro lleno de preocupación y pena. Cuando en un momento llegó a oír del otro lado de la alta espaldera las voces de Albert y de su madre, fue presa de tales celos y disgusto que los ojos se le llenaron de lágrimas. Sin hacer ruido alguno se volvió y echó a andar con cuidado para que no lo oyeran. Ahora no quería hablar con nadie, no quería que nadie lo atendiera y fuera amable con él. Lo estaba pasando mal, terriblemente mal, y puesto que nadie se cuidaba de él, quería por lo menos sufrir la soledad y la tristeza, su mísera y desdichada situación.

Pensó también en el buen Dios, a quien amaba mucho, y por un instante ese pensamiento le llevó un remoto destello de consuelo y calor, que se extinguió, empero, en seguida. Por lo visto, nada había que hacer tampoco con el buen Dios. ¡Y sin embargo, tenía precisamente ahora tanta necesidad de alguien a quien pudiera abandonarse confiadamente, alguien que lo consolara y lo tratara con ternura!

Entonces pensó en su padre. Estaría, como siempre, en su gran estudio silencioso pintando alguno de sus cuadros. En verdad, no estaba bien que fuera ahora a molestarlo. Sin embargo no hacía mucho que había dicho a Pierre que cada vez que éste tuviera ganas, no dejara de ir a visitarlo. Tal vez ya lo habría olvidado, pues todas las personas mayores se olvidan muy rápidamente de las promesas que hacen. Con todo, bien podría uno aventurarse. ¡Dios mío, cómo no intentarlo cuando no se sabe de otro consuelo y se tiene tanta necesidad de él!

106

Primero con lentitud, luego cada vez más rápida y enérgicamente, a medida que lo inundaba con mayor fuerza la esperanza, se encaminó al estudio a través de los senderos sombreados. Al llegar, puso su mano sobre el pestillo de la puerta y permaneció un instante escuchando en silencio. Sí, su padre se hallaba adentro; lo oyó sonarse y carraspear y oyó también el leve ruido de madera del mango del pincel al ser colocado en la tablilla que el pintor sostenía en su mano derecha.

Con precaución movió Pierre el picaporte, abrió la puerta sin hacer el menor ruido y por la hendija introdujo su cabeza en la estancia. El intenso olor a trementina y a goma laca le repugnó, mas la figura fuerte y dominante de su padre le infundió esperanzas. Pierre, decidiéndose a entrar, cerró la puerta detrás de sí.

Al ruido del pestillo, el pintor dio un respingo, agitóse su ancha espalda, y volvió la cabeza, mientras Pierre no dejaba de observarlo atento e inquisitivo. Sus ojos agudos miraban con enojo y expresión interrogante; manteníase su boca entreabierta y desagradable.

Pierre no se movió. Se quedó esperando con la vista clavada en los ojos del pintor. De pronto, la mirada de éste cambió de expresión, tornándose cordial, en tanto que su rostro descompuesto se dulcificaba.

—¡Pero si es Pierre! No nos hemos visto en todo un día. ¿Te mandó mamá que vinieras?

El niño meneó la cabeza y se dejó besar.

—¿Quieres quedarte aquí un poco y ver cómo trabajo? —preguntó el pintor amablemente y al mismo tiempo, volviéndose de nuevo hacia el cuadro, con un agudo pincelillo, se puso a retocar enérgico la tela. Pierre se quedó mirándolo. Observaba al pintor frente a su lienzo, observaba sus ojos tensos y como enojados fijos en la tela, y su mano fuerte y nerviosa que sostenía el delicado pincel; miraba atentamente las arrugas que se le formaban en la frente y el labio inferior a las veces mordido por los dientes superiores. Percibía, además, el intenso olor de pintura que nunca le había gustado y que hoy le repugnaba de modo particular.

Se le desvanecía la mirada y allí estaba junto a la puerta como paralizado. ¡Oh, bien conocía él todas estas cosas! ¡Ese olor y esos ojos! ¡Ese rostro descompuesto por el esfuerzo de la atención! Bien sabía ahora que había sido insensato esperar que en ese día todo sería distinto de otras veces. Su padre estaba trabajando; revolvía los colores de olor nauseabundo y no pensaba en otra cosa sino en sus malditos cuadros. Había sido una insensatez llegarse hasta el estudio.

La desilusión hizo que el rostro del niño se relajase. ¡Ya lo sabía de antemano! ¡No había ningún refugio para él, ni junto a mamá ni, menos aún, aquí!

Permaneció durante un minuto con la mente vacía de todo pensamiento, invadido de tristeza, mirando, mas sin ver nada, el gigantesco cuadro y sus colores húmedos y relucientes. Por lo visto, papá no tenía tiempo alguno para dedicarle. Volvió el niño a empujar la manija del picaporte y la bajó con cuidado para marcharse sin molestar al pintor.

Veraguth oyó, empero, el ligero ruido, miró en torno suyo y, murmurando algo, se llegó hasta el niño.

—¿Qué te pasa, Pierrot? ¡No te vayas! ¿No quieres quedarte un poquito con papá?

Pierre retiró su mano del picaporte y asintió con un movimiento de cabeza.

—¿Querías decirme algo? —preguntó el pintor cordialmente—. Ven, vamos a sentarnos un ratito. Quiero que me cuentes cómo te fue ayer durante el paseo.

—¡Oh, fue un paseo agradable! —dijo el niño con seriedad.

Veraguth le pasó la mano por los cabellos.

—Parece como si no te hubiera sentado bien. Tienes aspecto adormilado. ¿No habrás bebido ayer un poco de vino? ¿No? Bien, ¿qué hacemos ahora? ¿Quieres que dibujemos algo?

Pierre meneó la cabeza.

—No tengo ganas, papá. ¡Hoy me parece todo tan fastidioso!

—¿Sí? Seguramente has dormido mal. Hagamos entonces un poco de ejercicio.

—No tengo ganas tampoco de eso. Sólo quiero estar junto a ti, ¿sabes? Pero, ¡qué mal huele aquí!

Veraguth lo acarició riendo.

—Sí, es una desgracia que no puedas tolerar el olor de la pintura y seas el hijo de un pintor. ¿De manera que no serás pintor?

—No, no me gustaría ser pintor.

—¿Qué querrías ser, pues?

—Nada. Quisiera ser un pájaro o algo parecido.

—No estaría mal. Pero dime, Pierre, lo que ahora quisieras hacer conmigo. Tengo que continuar trabajando en este cuadro. Si quieres puedes quedarte aquí y jugar con algo. ¿O prefieres que te dé un libro de láminas?

No, no era eso lo que Pierre quería. Sólo para poder quedar en libertad dijo que iba a echarle alpiste a las palomas y entonces pudo comprobar que su padre respiraba aliviado y se alegraba de verlo partir. Veraguth lo despidió con un beso, y el niño salió del estudio. Su padre volvió a cerrar la puerta y Pierre se quedó otra vez solo, más desolado aún que antes. Anduvo errando por el césped, por donde en verdad tenía prohibido ir, arrancó distraídamente dos o tres flores y miró con indiferencia sus zapatos amarillos y claros que al humedecerse con el pasto mojado se le fueron manchando y tornando oscuros. Por último, dominado por la desesperación, se arrojó en medio del césped húmedo y allí se revolcó removiendo su cabeza entre la hierba y sintiendo que las mojadas mangas de su blusa azul se le pegaban a los brazos.

Sólo cuando comenzó a experimentar escalofríos se levantó desencantado y se deslizó furtivamente dentro de la casa.

Pronto lo llamarían y entonces verían que había estado llorando y advertirían que llevaba la blusa sucia y mojada y los zapatos húmedos; iban a echarle de fijo una reprimenda. Pasó cautelosamente por delante de la puerta de la cocina; era preciso que no se encontrara ahora con nadie. Le hubiera gustado hallarse muy lejos de allí, en donde nadie supiera de su existencia ni nadie preguntara por él. De pronto, al pasar frente a una de las habitaciones destinadas a los huéspedes, vio que la llave de la puerta estaba colocada en la cerradura. Decidió entrar allí, cerró la puerta y también la ventana que estaba abierta, y arrastrándose pesada y fatigosamente, sin quitarse siquiera los mojados zapatos se extendió sobre el gran lecho. Allí se quedó, entre sollozos y lágrimas, abandonado a su profunda sensación de desdicha. Cuando después de un rato oyó a su madre en el patio y en la escalera, que lo llamaba, Pierre no respondió, sino que se acurrucó aun más hondamente entre las mantas. La voz de su madre sonó una y otra vez, aquí y allí, sin que Pierre sintiera deseos de acudir a su llamado. Por fin, se adormeció, sintiendo humedecidas sus mejillas.

Al mediodía, cuando Veraguth se sentó a la mesa, le preguntó a su mujer:

—¿No has traído a Pierre?

El tono un tanto irritado de la señora Adele le extrañó.

—¿Pierre? No sé nada de él. ¿No estaba con vosotros? La señora Adele se alarmó y levantó la voz.

—No. ¡No le he visto desde la hora del desayuno! Cuando pregunté por él me dijeron las criadas que lo habían visto encaminarse al estudio. ¿No estuvo allí?

—Sí, estuvo; pero sólo un momento. En seguida se marchó.

Luego, con irritación, agregó:

—¿Es que nadie de la casa vio al pequeño en toda la mañana?

—Creíamos que estaba contigo —dijo la señora Adele brevemente y mortificada—. Voy a buscarlo.

—Envía a alguien. Ahora vamos a almorzar.

—Mientras lo busco podéis comenzar sin mí. Quiero ir yo misma.

Y así diciendo, salió apresuradamente del comedor. Albert se puso de pie y quiso seguirla.

—Quédate aquí, Albert —exclamó Veraguth—. Estamos sentados a la mesa.

El joven lo miró con expresión iracunda.

—Almorzaré luego con mamá —dijo insolente.

Su padre rió irónicamente al ver el rostro demudado del muchacho.

—Por lo visto ya eres el señor de la casa, ¿no es verdad? ¡Pues como no sea que tengas ganas de lanzarte otra vez sobre mí con un cuchillo, no te permitiré que por ningún motivo te muevas de aquí!

Albert se puso pálido e hizo hacia atrás su silla. Era la primera vez que su padre le recordaba aquella colérica actitud de su infancia.

—¡No me hables así! —estalló por último—. ¡No te lo permito!

Veraguth tomó una rebanada de pan y comió de él un poco sin dignarse responder. Se sirvió agua en su copa y la bebió lentamente, mientras determinaba conservarse sereno. Se comportaba como si se hallara solo en el comedor; Albert se había aproximado irresoluto a la ventana.

—¡No te lo permito! —repitió por fin, incapaz de guardar para sí su cólera.

Su padre espolvoreó de sal el trozo de pan que estaba comiendo. En su imaginación veíase subir a un barco y luego surcar los mares extraños, infinitos, lejos, muy lejos de este desdichado caos.

—Está bien —dijo ya casi del todo tranquilo—. Veo que no te resulta agradable que te hable. Dejemos eso, pues.

En ese momento se oyó afuera una exclamación de asombro seguida de un torrente de palabras llenas de alarma. La señora Adele había descubierto al niño en su apartado escondite. El pintor escuchó un instante con atención, y levantándose rápidamente, salió del comedor. Hoy todo parecía precipitarse en la confusión.

Encontró a su hijo con los zapatos sucios, extendido sobre el revuelto lecho del cuarto de huéspedes; el niño tenía en su rostro una expresión adormilada; sus cabellos estaban en desorden; junto a él halló Veraguth a su mujer inmóvil de estupefacción.

—¡Pero hijo! —exclamó la señora Adele, entre enojada y preocupada—. ¿Qué haces aquí? ¿Por qué no respondías? ¿Y por qué estás aquí echado?

Veraguth alzó a su hijo y lo miró inquieto en sus ojos inexpresivos.

—¿Estás enfermo, Pierre? —le preguntó dulcemente.

El niño agitó turbado la cabeza.

—¿Has estado durmiendo aquí? ¿Hace mucho que te encuentras aquí?

Con vocecilla apenas perceptible, desfallecida, dijo Pierre:

—No tengo la culpa de nada... No hice nada... Sólo tenía dolor de cabeza.

Veraguth lo llevó en sus brazos al comedor.

—Dale un plato de sopa —ordenó a su mujer—. Tienes que comer algo caliente, hijo; te hará bien, ya verás. Seguramente estás enfermo, pobre niño.

Sentó a Pierre en su propia silla, le acomodó un almohadón en la espalda y él mismo comenzó a darle con la cuchara la sopa.

Albert permanecía sentado en silencio sin saber qué hacer.

—Parece que se halla verdaderamente enfermo —dijo la señora de Veraguth casi tranquilizada, sintiéndose más contenta, como madre, de tener que prodigar a su hijo cuidados y atenciones que de tener que reprenderlo por sus travesuras.

—En seguida te llevaremos a la cama; pero antes come algo, corazón —dijo al niño consolándolo y acariciándolo.

Con el rostro terroso, los ojos perdidos, Pierre iba tragando sin resistencia la sopa que Veraguth le daba mientras su madre, que le había tomado el pulso, se mostraba satisfecha por no haber encontrado en él signos de fiebre.

—¿Iré a buscar al médico? —preguntó Albert con voz insegura, por decir algo.

—No, esperemos —dijo su madre—. Pierre se meterá en cama, lo abrigaremos bien, se dormirá calentito, y mañana, sin duda, se despertará curado. ¿No es así, tesoro?

El niño no escuchaba; permanecía con la mirada perdida; sólo meneó la cabeza negativamente cuando Veraguth quiso darle algo más de comer.

—No, no lo forcemos a comer —dijo la señora Adele—.

Ven conmigo, Pierre, vamos a la cama; mañana te encontrarás enteramente restablecido.

Lo tomó entonces de la mano, y el niño se puso de pie con dificultad y siguió a su madre arrastrando pesadamente los pies con una sensación de somnolencia. Mas al llegar a la puerta se detuvo, se le descompuso el rostro, se contrajo doblándose hacia adelante y sintiendo violentas náuseas vomitó de pronto todo cuanto había comido.

Veraguth lo llevó en seguida al dormitorio y lo dejó al cuidado de su madre. Sonaron campanillas y los criados de la casa subieron y bajaron las escaleras. El pintor comió un par de bocados, interrumpidos por sus idas al dormitorio del niño, que ya desvestido y lavado yacía en su lecho de azófar amarillo. Al cabo de un rato apareció en el comedor la señora Adele para anunciar que el niño estaba tranquilo, que no sentía dolores y que parecía querer dormirse.

Volviéndose hacia Albert, Veraguth preguntó:

—¿Qué comió Pierre ayer?

Albert se quedó un instante pensando y luego respondió, más dirigiendo las palabras a su madre:

—No fue nada particular. En Brückenschwand le hice dar leche y pan; al mediodía almorzamos en Pegolzheim y comimos macarrones y chuletas.

Veraguth confinó preguntando inquisitivo:

—¿Y después?

Después no quiso comer ya nada. Por la tarde compré en una huerta albaricoques, de los que sólo comió dos o tres.

—¿Estaban bien maduros?

—Sí, desde luego. Pareces creer que con toda premeditación me propuse arruinarle el estómago.

La señora Adele, al advertir la irritación de su hijo, preguntó:

—Pero, ¿qué os pasa?

—Nada —dijo Albert.

Veraguth prosiguió:

—Yo no creo nada; simplemente pregunto. ¿No ocurrió ayer nada particular? ¿Vomitó también ayer Pierre? ¿Se cayó? ¿No se quejó de sentir dolores?

Albert, deseando ansiosamente que terminara ya ese almuerzo tan molesto, se limitó a responder a las preguntas de su padre, diciendo brevemente "sí" o "no".

Cuando Veraguth andando de puntillas entró de nuevo en el dormitorio de Pierre, encontró a éste profundamente dormido. El pálido rostro del niño revelaba en su severidad el ansia con que se había entregado por entero al sueño reconfortante.

Capítulo XI

En ese día tan inquieto terminó Veraguth de pintar su gran obra. Con el corazón intranquilo a causa de la enfermedad del pequeño Pierre, le costó mayores esfuerzos que nunca el concentrarse en el pensamiento de su trabajo y lograr esa calma perfecta de su alma que constituía el secreto de su fuerza, y que el pintor tenía que pagar a tan subido precio. Mas su voluntad era poderosa, de suerte que en las horas de la tarde, con una hermosa y suave luz, le fue dado hacer en su cuadro las pequeñas correcciones finales y realizar los últimos retoques.

Cuando, por fin, hizo a un lado su paleta y se plantó frente a la tela, sentíase el pintor singularmente vacío. Bien sabía que ese cuadro constituía algo especial y que había tenido que darle mucho de su vida. Él mismo, no obstante, experimentaba una profunda sensación de vacío y extenuación. ¡Y pensar que no podía mostrarle a nadie su obra maestra! El amigo se hallaba muy lejos y Pierre estaba enfermo. Fuera de ellos no tenía Veraguth a nadie. Cierto es que de lejanos lugares, indiferentes para él, le llegarían a través de periódicos y cartas las resonancias despertadas por su obra. ¡Ah, pero eso no valía nada! ¡Significaba menos que nada! Sólo la mirada de un amigo o el beso de un ser amado podía ahora alegrarlo, pagarle sus esfuerzos y vivificarlo.

Permaneció en silencio un cuarto de hora contemplando el cuadro que había absorbido sus mejores energías y sus momentos más felices de varias semanas, en las que los ojos del pintor frente a él habían brillado radiantes; mas ahora se sentía agotado y extraño a su obra.

"Ah, lo que haré es venderla y con el producto de ella podré costearme el viaje a la India", se dijo con un cinismo que no pudo dominar. Luego cerró las puertas del estudio y se encaminó a la residencia con el propósito de ver a Pierre, al que encontró todavía dormido. El niño tenía mejor aspecto que al mediodía, el sueño le había hecho brotar colores en el rostro, respiraba tranquilo con la boca entreabierta y había desaparecido de su semblante la expresión de tormento y desconsuelo.

—iQué rápido se cumplen los procesos en los niños! —susurró el pintor a su mujer, junto a la puerta del dormitorio. La señora Adele sonrió débilmente y Veraguth pudo comprobar que también ella respiraba aliviada y que su inquietud había sido mucho más profunda de lo que había manifestado.

No le pareció halagüeña al pintor la idea de comer solo con su mujer y Albert.

—Voy a la ciudad —dijo—; de modo que no estaré aquí para la comida.

El pequeño Pierre dormitaba extendido en su lecho; su madre, habiendo oscurecido la habitación lo dejó solo.

Soñaba el niño que recorría lentamente los jardines cubiertos de flores. Todo, empero, parecía algo cambiado, más amplio y vasto que de costumbre; Pierre andaba y andaba sin llegar nunca a un lugar preciso. Los arriates mostraban un aspecto más hermoso del que otras veces ofrecían, mas las flores parecían todas singularmente vidriosas, de mayores dimensiones y extrañas, y el conjunto resplandecía con una belleza triste y muerta.

Con cierta ansiedad rodeó el niño una plazoleta circular en que crecían grandes arbustos llenos de flores; una mariposa azul se hallaba suavemente posada en una flor blanca. Todo estaba envuelto en un silencio y una calma no naturales; en los senderos no había guijo alguno, sino algo blando que producía a Pierre la impresión de estar caminando sobre un suelo alfombrado.

Al otro lado de la plazoleta vio a su madre que iba a su encuentro. Pero ella no advirtió la presencia del niño, sino que sin saludarlo y mirando triste y gravemente al vacío, pasó por delante de Pierre sin hacer ruido alguno, como un espíritu.

Poco después, vio también a su padre que andaba por otro sendero del jardín, y un poco más adelante, asimismo, a Albert; todos pasaban en silencio, gravemente, y ninguno de ellos quería verle. Como criaturas hechizadas vagaban solitarios y tiesos y parecían cual si tuvieran que seguir de esta suerte toda una eternidad, cual si nunca una mirada viva tuviera que animar sus rígidos ojos, cual si nunca una sonrisa fuera a iluminar sus semblantes, cual si nunca un sonido pudiera turbar el silencio impenetrable de ese jardín ni nunca la más ligera brisa llegara a agitar los tallos y hojas inmóviles.

Lo peor de todo era, sin embargo, que él no podía llamarlos. Nada exterior le impedía hacerlo; sabía que no experimentaría dolor alguno si lo intentara, pero era el caso que no tenía ánimo ni verdadera voluntad de llamarlos; comprendía que todo tenía que ser tal como se daba y que sería mucho más terrible y espantoso si él pretendiera sublevarse.

Pierre continuó paseándose despaciosamente por entre las bellezas sin alma del pardín, en el que resplandecían millares de magníficas flores en el claro, muerto aire, como si no se tratara de flores reales y vivas; y de cuando en cuando, volvía a encontrar Pierre a su madre o a su padre o a Albert, quienes pasaban frente a él y a los otros siempre en actitud extática y ausente.

Le parecía que hacía mucho tiempo, tal vez años, que habían pasado aquellos momentos en que el mundo todo y el jardín estaban llenos de vida, en que las criaturas humanas se manifestaban alegres y locuaces, y en que él mismo se encontraba colmado de gozo y vivacidad; tiempos eran aquellos que yacían indeciblemente lejos, inmersos profundamente en un ciego, remoto pasado. Quizás todo había sido siempre tal como hoy lo veía y lo anterior sólo un hermoso sueño pueril.

Por último, llegó en su vagar junto a un pequeño estanque de piedra, con cuya agua el jardinero solía llenar antes las regaderas y donde él mismo había cuidado y alimentado un par de renacuajos. El agua permanecía inmóvil con una claridad más verde que antes, en su super-

ficie se reflejaban como en un espejo los bordes redon-
deados de la piscina y las hojas de un arbusto de estrella-
das flores amarillas; se mostraba hermoso el estanque con
su aire abandonado y también un tanto triste, como todo
lo demás.

"Si alguien cayera aquí dentro se ahogaría y moriría",
había dicho una vez el jardinero. Sin embargo, la pétrea
piscina no era profunda.

Pierre se aproximó al borde del estanque oval y se inclinó sobre el agua.

Vio entonces su propio rostro reflejado en la superficie;
el suyo se asemejaba al de los otros: envejecido y pálido,
rígido en su indiferente y profundo aire adusto.

Se contempló un instante maravillado y espantado y
de pronto invadió su alma, sobrecogiéndola de terror, el
sentimiento del carácter lúgubre y horrible y de la absur-
da tristeza del estado en que se hallaba. Intentó gritar,
mas no consiguió emitir ningún sonido. Quiso llorar con
llanto desatado, mas no logró sino que se le contrajera el
rostro en una mueca desesperada.

En ese momento advirtió que su padre se aproximaba
nuevamente; entonces Pierre se volvió hacia él realizando
un esfuerzo supremo con todas las energías de su alma
paralítica. Toda la angustia mortal y el dolor insoportable
de su corazón desesperado se concentraron en mudos
sollozos suplicantes dirigidos a su padre, quien se acerca-
ba con serenidad espectral sin parecer advertir, lo mismo
que antes, la presencia de Pierre.

"Padre", quiso gritar el niño, mas aunque no salió ningún sonido de sus labios, fue tan violento el deseo de su
alma horrorizada que alcanzó al solitario y callado caminante. Su padre volvió el rostro y lo miró.

Lo miró a los ojos suplicantes, con aquella mirada atenta
y escrutadora que tenía cuando pintaba; sonrió débilmente
e inclinó un poco la cabeza como para saludarlo, pero no
intentó darle consuelo alguno como si en ese lugar fuera
todo enteramente irremediable. Por un fugaz instante se
expendió por sobre su rostro grave como una sombra de
amor y de dolor compartido; y en ese momento, Pierre no

118

pudo ya ver en él al padre poderoso, sino más bien a un pobre hermano indefenso y desamparado.

Luego apartando la mirada del niño, prosiguió su marcha alejándose lentamente con el mismo paso regular, cuyo ritmo en ningún momento había alterado.

Pierre lo siguió con los ojos y vio cómo desaparecía; todo cuanto lo rodeaba, el pequeño estanque, el sendero, el jardín cubierto de flores, se oscureció con negro manto ante su mirada horrorizada, cual si espesa nube lo envolviera. Entonces se despertó con las sienes doloridas y sintiendo la garganta reseca y ardiente; advirtiendo que se hallaba extendido en el lecho de su pequeña habitación en que reinaba una tenue penumbra, procuró, lleno de estupefacción, darse cuenta de lo que le ocurría, mas, agotado como estaba, no logró recordar nada, de suerte que se echó sin ánimo sobre su otro costado.

Sólo muy lentamente fue cobrando conciencia de su estado y cuando obtuvo pleno conocimiento de él se tranquilizó con un suspiro de alivio. Era, por cierto, detestable, hallarse enfermo y tener dolor de cabeza, pero eso se podía soportar y era ligera y dulce cosa comparada con el sentimiento de muerte de su horrorosa pesadilla.

"¿Por qué todo este tormento?", pensó Pierre encogiéndose cuanto le fue posible bajo las sábanas. "¿Por qué la enfermedad? ¡Si hubiera cometido una falta, por la que mereciera ser castigado!" No había comido nada que se le hubiera prohibido, como ocurrió una vez que se había enfermado a causa de unas ciruelas silvestres verdes. Se le había prohibido que las comiera; sin embargo, él, desoyendo la prohibición, las comió. Aquella vez lo que le ocurrió era justo; tenía que soportar las consecuencias de su desobediencia. Pero, ¿ahora? ¿Por qué estaba ahora tendido en la cama? ¿Por qué había tenido que vomitar? Y, ¿por qué esas terribles punzadas que sentía ahora en su cabeza?

Hacía ya mucho tiempo que se había despertado cuando su madre volvió a entrar en el cuarto de Pierre. La señora Adele descorrió las cortinas de la ventana y la estancia quedó inundada de la luz suave y pálida del atardecer.

—¿Cómo estás, querido? ¿Dormiste bien?

Pierre no respondió. Extendido sobre un costado, elevó sus ojos hasta su madre y se quedó mirándola. Ella se asombró de encontrar la mirada de su hijo con expresión tan seria e inquisitiva.

"No tiene fiebre", pensó tranquilizada.

—¿Quieres comer algo ahora?

Pierre meneó débilmente la cabeza.

—¿Qué quieres que te traiga?

—Agua —dijo en voz muy baja Pierre.

La señora Adele le dio agua, mas el niño sólo bebió un sorbo de pajarillo y volvió a cerrar los ojos.

De pronto, proveniente desde el salón de música de la señora Adele, resonó en la habitación de Pierre el sonido del piano. Las notas llegaban en amplias ondas sonoras.

—¿Oyes? —preguntó la señora Adele.

Pierre había abierto desmesuradamente sus ojos y tenía el semblante contraído como si sintiera fuertes dolores.

—¡No! —exclamó— ¡No! ¡Déjame!

Al decir esto se llevó ambas manos a los oídos y revolvió su cabeza en la almohada.

Lanzando un suspiro la señora de Veraguth salió para rogar a Albert que no continuara tocando el piano. Luego volvió y permaneció sentada junto al pequeño lecho de Pierre, hasta que éste tornó a adormecerse.

Esa noche reinó un silencio completo en la casa. Veraguth se hallaba en la ciudad; Albert estaba disgustado por no poder tocar el piano. Todos se recogieron temprano; la señora Adele dejó entornadas las puertas para oír si durante la noche el pequeño Pierre tenía necesidad de algo.

Capítulo XII

Aquella noche, al regresar de la ciudad, el pintor había recorrido con el corazón lleno de inquietud todo el exterior de su casa, escuchando y escudriñando atentamente para establecer por una ventana iluminada o por una puerta abierta o por una voz cualquiera, si su querido niño estaba aún enfermo y sufría. Al encontrar todo silencioso, tranquilo y dormido, sintió que caía de su alma, cual un vestido empapado y pesado, la gran angustia de que ésta era presa, y permaneció un largo rato despierto con el corazón agradecido. Y, sin embargo, no mucho después, frente al trance de muerte, tuvo que sonreír y maravillarse al pensar en lo poco que se necesita para alegrar un corazón desolado. Todo cuanto lo atormentaba y aquejaba, toda la carga sorda y turbia de su existencia, resultaba ligera y falta de significación comparada con las inquietudes que alimentaba por su niño amado, de manera que apenas veía desvanecerse aquellas sombras tenebrosas, todo parecíale más claro y soportable.

De buen humor, fue por la mañana siguiente a la casa, a hora más temprana de lo que solía, y al encontrar al niño todavía sumido en un magnífico sueño, con el alma agradecida, se sentó a desayunarse con su mujer; Albert aún no se había levantado. Desde años atrás ésta era la primera vez, que Veraguth se desayunaba en su casa y en la mesa de la señora Adele. Ésta, observando a su marido asombrada y con cierto recelo, veía cómo éste alegremente y bien dispuesto, como si fuera la cosa más corriente del mundo, le pedía una taza de café y, lo mismo que en los viejos tiempos, compartía con ella el desayuno.

Por fin, fue él mismo quien disipó la expectante tensión de su mujer al explicarle los motivos que determinaban su insólita actitud.

—¡Estoy tan contento! —dijo Veraguth con una voz que hizo recordar a la señora Adele años más bellos—. ¡Estoy tan contento de que nuestro pequeño parezca ya restablecido! Sólo ahora vengo a darme cuenta de lo seriamente preocupado que me encontraba a causa suya.

—Sí, ayer no me gustaba nada su aspecto —asintió su mujer.

Jugueteando con la plateada cucharilla de café, Veraguth la miró a los ojos con una expresión casi de picardía, con un tenue destello de juvenil alborozo que, estallando repentinamente en un instante, pero sin llegar a ser nunca duradero, constituía un rasgo de Veraguth que su mujer había amado particularmente en otro tiempo y cuyo suave y radiante resplandor sólo Pierre, de los dos hijos, había heredado.

—Sí —dijo el pintor con viveza—, es realmente una felicidad. Pero ahora quiero hablarte por fin sobre mis planes más recientes. Creo que deberías ir a St. Moritz en invierno; con los muchachos y permanecer allí una buena temporada.

La señora Adele bajó la vista con gesto incierto.

—Y tú —preguntó—. ¿Irás también para pintar?

—No, yo no os acompañaré. Os dejaré solos y tranquilos un tiempo. A mi vez me propongo ausentarme en otoño y cerrar el estudio. Robert tendrá también unas vacaciones. Sólo depende de ti el que pases el invierno aquí, en Rosshalde, o no. No quisiera aconsejarte a este respecto; podrías ir, por ejemplo, a Ginebra o a París; mas no olvides St. Moritz, cuyo clima sentará muy bien a Pierre.

Perpleja, la señora de Veraguth lo miró con sus grandes ojos abiertos.

—Estás bromeando —díjole incrédula.

—¡Ah, no! —replicó el pintor sonriendo con expresión casi dolorosa—. Hace ya mucho que olvidé hacer bromas. Te lo digo con la mayor seriedad y debes creerlo. He de emprender un viaje por mar a lejanos países donde permaneceré un buen tiempo.

—¿Un viaje por mar?

La señora Adele se quedó un rato pensativa. Los ofrecimientos que su marido hacía, su tono alegre y vivaz, su actitud, todo le resultaba tan poco corriente que había comenzado a alimentar recelos. Mas, de pronto, las palabras "un viaje por mar", hicieron que se representara a Veraguth subiendo a un gran barco, a mozos de cuerda que, cargados con baúles, lo seguían; recordó los carteles ilustrados de las compañías de navegación y las imágenes de sus propios viajes en buque; en un instante comprendió la significación de las palabras de Veraguth.

—Te marchas con Burkhardt —exclamó por fin con viveza.

El pintor asintió:

—Sí, viajaré con Otto.

Ambos permanecieron callados un rato. La señora Adele se sentía turbada al presentir oscuramente el significado de la noticia. ¿No sería que su marido intentaba abandonarla y dejarla en libertad? En todo caso tratábase del intento más serio realizado por el pintor en ese sentido y a ella se le sobrecogió el corazón maravillada al comprobar cuán poco la conmovía esa perspectiva, cuán poco esperaba de ella y cuán sin alegría la acogía. Si para él era posible aún comenzar una vida nueva, para ella, en cambio, no lo era. Cierto es que sola, con sus hijos, todo se tornaría más fácil en lo tocante a Albert, y que conquistaría definitivamente a Pierre; pero no por ello dejaría de ser una mujer abandonada por su marido. Centenares de veces había meditado sobre la posibilidad de separarse de Veraguth, que le había parecido siempre como la libertad y la salvación, mas ahora que esa posibilidad parecía cumplirse, experimentaba tanta vergüenza, desasosiego y un sentimiento de culpa tal, que se acobardó sintiéndose incapaz ya de alimentar deseo alguno. Esta ruptura debía haberse producido antes, en aquellos tiempos de tormentosas tensiones, antes de que ella hubiese aprendido a resignarse. Ahora, por demasiado tardía, la solución se le antojaba inútil, ahora no venía a ser más que una raya trazada debajo de una lista de cosas despachadas; no era más que la conclusión final y la confirmación amarga de toda la desdicha oculta, secretamente latente; para ella ya no brillaba ahora el menor destello de esperanza de comenzar una vida nueva.

Veraguth leyó con atenta mirada en la expresión reprimida del rostro de su mujer lo que ésta pensaba y sintió pena por ella.

—Será sólo una prueba —dijo el pintor con precaución—. Es menester que tú y Albert... y también Pierre, viváis alguna vez solos, sin ser molestados... digamos... durante un año. Pensé que esta solución sería muy cómoda para ti y asimismo muy provechosa para los niños. Ambos sufren, ya lo sabes, por no vernos..., por no vernos del todo unidos. Una larga separación será también útil para nosotros, pues sin duda nos permitirá verlo todo con mayor claridad, ¿no te parece?

—Puede que tengas razón —repuso la señora Adele en voz baja—. Por lo demás, tu resolución parece firme.

—Sí, ya he escrito a Otto. No creas que me resulta fácil separarme de todos vosotros por tan largo tiempo.

—De Pierre, querrás decir.

—En efecto, especialmente de Pierre. Sé que lo cuidarás bien. Claro está que no puedo esperar que le hables demasiado de mí; pero, ¡no permitas que ocurra con él lo que ocurrió con Albert!

Su mujer meneó la cabeza denegando.

—Bien sabes que no fue culpa mía.

Con alguna torpeza, pues era éste un gesto de cariño no practicado en largos años, asentó Veraguth una mano sobre el hombro de su esposa.

—¡Oh Adele, no hablemos ahora de culpas! Probablemente tenga yo la culpa de todo. Lo que intento ahora es sólo remediar el mal hecho. Una sola cosa te pido: no me hagas perder a Pierre, si es posible. Piensa que por su mediación estamos aún unidos. Procura conservar en su corazón el amor que me tiene.

Ella cerró los ojos como si quisiera protegerse de una tentación.

—Pero... si vas a estar ausente durante tanto tiempo... —dijo titubeando—. No olvides que es un niño.

—Desde luego. Deja, pues, que continúe siendo un niño. Déjalo que me olvide, si no es posible otra cosa. Pero piensa que es algo valioso que te dejo en prenda y que debo de tener gran confianza en ti desde el momento en que te lo abandono.

—Oigo que viene Albert —susurró rápidamente la señora Adele—. En seguida estará aquí. No hablemos más de esto. No es tan sencillo como te parece a ti. Me das mucha más libertad de la que nunca tuve y de la que deseo, y al propio tiempo me cargas con una responsabilidad que me la anula toda. Dame tiempo para meditarlo. Tampoco tú adoptaste tu determinación en un momento; déjame, entonces, reflexionar sobre esto con calma.

Se oyeron pasos junto a la puerta y en seguida se presentó Albert que, maravillado de encontrar a su padre allí, saludó un tanto cortado, se llegó hasta su madre, a la que besó en la frente, y se sentó a la mesa para desayunarse.

—Tengo una sorpresa para ti —comenzó a decir con semblante placentero el pintor—. Podréis pasar las vacaciones de otoño y también las de Navidad, tú, mamá y Pierre donde queráis. Yo estaré ausente durante largo tiempo.

El joven no pudo ocultar su alegría, mas, con todo, se esforzó por permanecer sereno y preguntar con interés:

—¿Adónde piensas ir?

—No lo sé todavía con certeza. El caso es que comenzaré por viajar con Burkhardt a la India.

—¡Oh, tan lejos! Un condiscípulo mío nació por allá; creo que en Singapur. Todavía se practica allí la caza del tigre.

—Espero que así sea. Si consigo matar uno, claro está que os traeré su piel. Pero, sobre todo, me propongo pintar.

—Me lo imagino. No hace mucho leí algo sobre un pintor francés que se retiró a pintar a una zona tropical, creo que una isla de los mares del sur... ¡Oh, debe ser magnífico!

—¿No es cierto? Y, mientras tanto, vosotros estaréis tranquilamente tocando mucha música y practicando esquí. Pero ahora quiero ver cómo está el pequeño. No, no os molestéis.

Veraguth ya había salido de la habitación antes de que su mujer o su hijo hubieran podido replicarle.

—¡A veces papá es grandioso! —dijo Albert inundado de alegría—. Me gusta ese viaje a la India, tiene un sello de gran estilo.

Su madre sonrió cansadamente. Sentía que el equilibrio de su vida había sido súbitamente quebrado cual si la rama del árbol en que había estado sentada hubiera sido abatida en ese momento. Sin embargo, calló y compuso un semblante alegre, cosa en la que, por lo demás, estaba desde tiempo atrás ejercitada.

El pintor entró en el dormitorio de Pierre y se sentó junto a su lecho. Sin hacer el menor ruido sacó de su bolsillo un delgado cuadernillo de apuntes y comenzó a dibujar la cabeza y los brazos del pequeño durmiente. Sin atormentar a Pierre con sesiones, quería Veraguth fijar la figura del niño y grabársela lo más hondamente posible en su ser. Observándolo con amorosa atención procuraba el pintor trasladar al papel esas formas amadas, la caída y la raya de su delicada cabellera, las nerviosas y bonitas aletas de la naricilla, la mano delgada y dormida y la línea voluntariosa de la boquita firmemente cerrada.

Muy rara vez veía al niño acostado en su cama y era ésta la primera que no lo contemplaba con la expresión infantil habitual de sus labios entreabiertos cuando dormía, de suerte que, observando la boca, que ahora mostraba el pequeño, prematuramente expresiva y seria, vino a advertir de pronto la semejanza que guardaba con la boca de su propio padre, el abuelo de Pierre, quien había sido un hombre audaz y lleno de fantasía, mas poseedor de una voluntad apasionada e incansable; mientras trabajaba observando a su hijo, se complació en considerar ese juego lleno de sentido en que la naturaleza se empeñaba al determinar los rasgos y los destinos de padres e hijos; de manera que, a Veraguth que no era ningún pensador, vínosele a conmover el alma con el inquietante y soberbio enigma del curso de la vida humana, fatalmente determinada.

Mas súbitamente abrió el pequeño durmiente los ojos que clavó en los de su padre y de nuevo pudo advertir éste cuán poco infantil y cuán seria era la mirada del niño. El pintor, que había vuelto a guardar en seguida el lápiz y el cuadernillo, se inclinó sobre su hijo, le besó la frente y le dijo alegremente:

—Buen día, Pierre. ¿Te encuentras mejor?

El niño sonrió feliz y comenzó a desperezarse. ¡Oh, sí, estaba mejor! ¡Estaba mucho mejor! Pierre se quedó pensando. Sí, en efecto, ayer estaba enfermo; aún sentía las sombras de ese día detestable. Pero ahora se encontraba mucho mejor; sólo anhelaba permanecer un poquito más tendido en la cama para saborear a su placer la tibia y tranquila sensación de bienestar de este estado; luego, se levantaría, se desayunaría e iría a pasear por el jardín con mamá.

Veraguth salió de la estancia para llamar a su mujer. Parpadeando dirigió Pierre sus ojos hacia la ventana por la que se manifestaba, a través de sus cortinas amarillas, el alegre, claro día. Éste sí era un día del que se podía esperar algo; todo él exhalaba promesas de alegrías posibles. ¡Qué insípido, en cambio, qué frío y sin gracia era el día de ayer! Cerró entonces los ojos para olvidarlo y sintió cómo, en sus adormilados miembros, se expendía la dulce vida.

Llegó la madre, quien le llevaba a la cama un huevo y una taza de leche; además, el padre le prometió regalarle un nuevo juego de pinturas. ¡Oh, se mostraban tiernos y cariñosos y bien se veía que estaban contentos de verlo nuevamente sano! Era casi como un día de cumpleaños; el que le faltaran las tortas le tenía sin cuidado; porque, a decir verdad, no tenía todavía apetito alguno.

Una vez que se hubo vestido con un traje de verano, azul y fresco, fue Pierre al estudio de su padre. Había olvidado casi del todo el horrible sueño del día anterior; mas aún inquietaba su corazón una resonancia de espanto y sufrimiento, de manera que sentía la necesidad de comprobar que realmente brillaba para él el sol y el amor y quería gozar de esa seguridad.

El pintor, que estaba tomando las medidas del marco para su nuevo cuadro, recibió a Pierre con franca alegría. Éste, sin embargo, no quería permanecer en el estudio mucho tiempo; no quería sino saludar a su padre y estarse allí un ratito gozando de la dulce sensación que le producía su cariño. Tenía que ir después a ver al perro y las palomas, tenía que ver a Robert, a la cocinera; en fin, tenía que saludarlo todo de nuevo y tomar de ello nueva posesión. Luego, paseó un rato con su madre y con Albert por el jardín; le pareció que había pasado un año entero desde el momento en que se había arrojado llorando en medio del césped empapado. No tenía intención de columpiarse, mas no dejó de apoyar su mano sobre la tablilla del columpio; se paseó por entre los arbustos y los arriates de flores y entonces despertó en el fondo de su alma un borroso recuerdo, cual si proviniera de una vida anterior; le pareció que allí había andado errando, abandonado por todos y sin consuelo. Sólo quería que ahora todo brillara y viviera; las abejas parecían cantar y el aire que se respiraba era ligero y alegre.

Quiso llevar el canastillo de su madre en el que fueron colocados claveles y gigantescas dalias; a un costado apartó Pierre algunas flores con las que haría un ramo que se proponía obsequiar a su padre.

Cuando volvieron a la casa, se sentía profundamente cansado. Albert lo invitó a jugar, pero el niño quiso antes descansar un rato. Se sentó en la galería sobre el gran sillón de mimbre de la señora Adele, sosteniendo aún entre las manos el ramo de flores que se proponía ofrecer a su padre.

Sintiéndose desfallecido, cerró los ojos, volvió su rostro al sol y se regocijó de la tibieza de la luz que a través de sus párpados se le manifestaba de color rojo. Luego, contempló con satisfacción su limpio y hermoso traje azul y sus relucientes zapatos amarillos que brillaban a la luz del sol. Se abandonó por entero y con complacencia a esa sensación de bienestar y pereza que experimentaba al estarse allí quieto y un poco fatigado, sólo que el perfume de los claveles era demasiado intenso. Tomó el ramo, lo colocó sobre la mesa y lo apartó de sí todo cuanto alcanzó su brazo extendido. Era menester que los pusiera en agua en seguida a fin de que las flores no se marchitaran antes de que las viera su padre.

Se puso a pensar en él con ternura inusitada. Pero, ¿qué había ocurrido ayer? Pierre había ido al estudio a visitarlo; su padre se hallaba trabajando y parecía no tener tiempo sino para su obra; lo veía aún frente al caballete, solo, activo y con aire un poco triste. Sí, se acordaba perfectamente de todo. Pero, ¿luego? ¿Qué había ocurrido? ¿No había encontrado luego a su padre en el jardín? Pierre realizó un esfuerzo supremo por recordar. Sí, papá vagaba por el jardín solo, con rostro severo, extraño, doloroso, y Pierre había querido llamarlo... ¿Qué había pasado? Algo espantoso y horrible había ocurrido ayer, algo que él no lograba recordar con precisión.

Recostado en el gran sillón, el niño procuraba concentrar su pensamiento. El sol brillaba amarillo y cálido sobre sus rodillas, mas la sensación placentera en que Pierre se hallaba inmerso fue borrándose poco a poco. Sentía que su pensamiento iba aproximándose cada vez más a esa cosa horrible y que, apenas la hallara, ella haría nuevamente presa de su ser y lo dominaría; sabía que esa cosa horrible estaba a sus espaldas y lo acechaba. Cada vez que sus recuerdos se acercaban al límite de lo preciso, experimentaba Pierre una angustiosa sensación de malestar y vértigo, comenzó entonces a dolerle ligeramente la cabeza.

El intenso perfume de los claveles le producía una molestia insoportable. Estaban al sol sobre la mesa de mimbre y pronto se marchitarían; si es que iba a regalárselos a su padre, ahora mismo era el momento de llevárselos. Pero Pierre ya no tenía deseos de hacerlo, o mejor dicho, quería llevarlos, mas se hallaba tan cansado y la luz le causaba tanto daño en los ojos que no lograba levantarse. Y, además, tenía que recordar ante todo lo que había ocurrido ayer. Sentía que se hallaba muy cerca de recordarlo con precisión y que no tenía más que asirlo con su pensamiento, pero cada vez que se disponía a hacerlo el recuerdo se esfumaba y se apartaba de su mente.

El dolor de cabeza aumentaba. ¡Ah! ¿Por qué ese dolor? ¡Se hallaba hoy, sin embargo, tan a gusto!

La señora de Veraguth que lo llamaba no tardó en presentarse. Al ver las flores expuestas al sol quiso enviar a Pierre por agua, mas de pronto, al observarlo con mayor atención, advirtió que el niño, con expresión adormilada y profundamente abatido, tenía las mejillas cubiertas por gruesas lágrimas.

—¡Pierre, hijo mío! ¿Qué te pasa? ¿No te sientes bien? El niño la miró sin moverse y volvió a cerrar los ojos.

—Pero, habla corazón. Dime qué sientes. ¿Quieres ir a la cama? ¿O prefieres que juguemos? ¿Sientes algún dolor?

Pierre meneó la cabeza con una suerte de gesto de defensa, cual si le molestara la solicitud de su madre.

—¡Déjame! —dijo por último en un susurro.

Y como ella se aproximara y le tomara una mano, Pierre gritó como presa de un momentáneo acceso de ira, con voz fuerte y alterada:

—¡Pero déjame en paz!

Mas en seguida, deponiendo su resistencia, se precipitó a los brazos de su madre; y cuando ésta lo levantó, lanzó un débil quejido, hizo a un lado su rostro pálido y contraído y se agitó convulso en un violento vómito.

Capítulo XIII

Desde que Veraguth habitaba la pequeña vivienda que se había hecho construir junto al estudio, su mujer muy rara vez lo había visitado allí. De manera que, cuando la vio entrar en el *atelier*, presurosa, sin llamar a la puerta y presa de agitación, el pintor presintió que le llevaba una mala noticia; y su instinto se lo advertía con tanta seguridad que aun antes de que ella pudiera pronunciar una palabra, exclamó:

—¿Se trata de Pierre?

Su mujer asintió con un vivo movimiento de cabeza.

—Debe de estar seriamente enfermo. Tenía un aspecto muy extraño y acaba de vomitar nuevamente. Tienes que ir a buscar al médico.

Mientras hablaba, la señora de Veraguth esparció su mirada por el espacioso y severo recinto y la detuvo un instante sobre el nuevo cuadro de su marido. No vio las figuras, ni siquiera reconoció las facciones del pequeño Pierre, sino que se limitó a mantener rígidamente la vista clavada en la obra y a aspirar el aire del estudio, en el que vivía recluido Veraguth desde hacía muchos años, y entonces percibió oscuramente que allí también reinaba una atmósfera de soledad y de una voluntad tenaz de autosuficiencia, semejante a aquélla en que ella misma vivía desde años atrás. Esta comprobación suya no duró sino un fugaz instante; luego, apartando la mirada del cuadro se dispuso a responder a su marido que la apremiaba con vivas preguntas.

—Haz el favor de pedir en seguida un automóvil por teléfono —dijo por último el pintor—; viajaré más rápido que con el coche. Iré yo mismo a la ciudad; sólo tengo que lavarme las manos. En seguida voy para allá. ¿Ya lo has metido en cama?

Un cuarto de hora después hallábase Veraguth en un automóvil buscando al único médico de la ciudad que conocía y que en otras ocasiones había frecuentado Rosshalde. No lo encontró en la antigua mansión en que vivía antes; se había mudado. En camino hacia su nuevo domicilio, Veraguth se cruzó con el coche del consejero de sanidad del lugar, quien lo saludó. Veraguth le devolvió el saludo; y el coche ya había pasado cuando el pintor se dio cuenta de que se trataba precisamente del médico que estaba buscando. Tuvo que volver a recorrer el camino ya hecho, hasta que dio con el coche del consejero de sanidad, detenido frente a la casa de un paciente; allí aguardó Veraguth un buen rato con penosa sensación de angustia. Por fin, al percibir al médico en la puerta de la casa lo apremió a que subiera con él al automóvil. El consejero de sanidad se rehusó con protestas, de suerte que Veraguth tuvo casi que emplear la violencia para forzarlo a acompañarlo.

Ya en el automóvil, lanzado a alta velocidad hacia Rosshalde, el médico posó una mano sobre la rodilla del pintor y dijo:

—Está bien; soy su prisionero. Pero sepa usted que otros me están esperando. ¿Qué pasa, pues? ¿Está su esposa enferma? ¿No? Entonces es el pequeño... pero, ¿cómo se llama? Pierre, sí, eso es. Hace mucho que no lo veo. ¿Qué le ocurre? ¿Ha sufrido un accidente?

—Está enfermo desde ayer. Hoy por la mañana parecía totalmente restablecido; se levantó y comió un poco. Pero de pronto volvió a vomitar lo que había comido y parece sentir dolores.

El médico llevó su delgada mano a su rostro de expresión inteligente.

—Entonces tal vez sea un desarreglo estomacal. Ya veremos. Fuera de eso, no tiene usted ninguna otra preocupación, ¿verdad? El invierno pasado tuve ocasión de admirar la exposición suya de Munich. Aquí estamos orgullosos de usted, querido amigo.

Veraguth miró su reloj y ambos guardaron silencio, cuando el chófer, con la palanca, cambió la velocidad del motor y comenzó a subir, con fuerte jadeo, la cuesta. Pronto llegaron a la cima y tuvieron que bajar del coche ante el gran portal del patio que no estaba abierto.

—Espéreme aquí —dijo el consejero de sanidad al chófer. Luego, él y Veraguth atravesaron el patio con pasos rápidos y entraron en la casa.

Ahora resultaba que repentinamente el médico tenía tiempo disponible. Sin prisa ninguna examinó al niño, procuró hacerlo hablar, tuvo palabras benévolas y tranquilizadoras para la madre y supo crear una atmósfera de confianza y seguridad que hasta al propio Veraguth hubo de hacerle bien.

Pierre no hizo ninguna resistencia; se limitó a guardar silencio manteniendo una actitud malhumorada y recelosa. Cuando el médico le palpó y oprimió el vientre, torció la boca con expresión burlona, como queriendo dar a entender que tales manejos eran insensatos e inútiles.

—Parece que tenemos que eliminar la posibilidad de una intoxicación —dijo el consejero de sanidad precavido—; por lo demás, en el intestino ciego no hay nada. Lo más probable es que se trate simplemente de un desarreglo estomacal; lo mejor es, para ese caso, el ayuno. Que hoy no tome el niño más que una taza de té; en el caso de que sienta sed, por la noche puede tomar un traguito de Bordeaux. Si todo continúa bien, mañana podrá desayunarse con té y bizcochos. Si llega a sentir dolores, hágamelo saber usted por teléfono.

Sólo cuando estuvieron fuera de la habitación, comenzó la señora de Veraguth a interrogar al médico, pero no obtuvo mayor información.

—El estómago parece sufrir de una indigestión; además, el niño es evidentemente muy sensible y nervioso. No hay rastros de fiebre. Por la noche podrían ustedes verificar si se presenta. El pulso es algo débil. Si el enfermo no mejora, volveré mañana a visitarlo. Me parece que no se trata de nada grave.

Se despidió rápidamente y ya pareció de nuevo muy apresurado. Veraguth lo acompañó hasta el automóvil.

—¿Será una enfermedad larga? —preguntó a último momento.

El médico se echó a reír en voz alta.

—No le tenía a usted por hombre tan temeroso, maestro. El niño es algo delicado; pero recuerde que todos, cuando niños, tuvimos a menudo trastornos estomacales. Buenos días.

Veraguth, que sabía que su presencia en la casa no era necesaria, echó a andar pensativo, internándose en el campo. La actitud severa y lacónica del consejero de sanidad lo había tranquilizado tanto, que ahora se maravillaba de que hubiera podido estar tan inquieto y alarmado.

Con una sensación de alivio caminaba aspirando con fruición el aire tibio de la mañana intensamente azul. Le parecía que estaba llevando a cabo un paseo para despedirse de esos prados y esas hileras de árboles frutales; sentíase bien y libre. Al reflexionar tratando de establecer de qué le venía ese sentimiento de liberación y desapego de todo cuanto lo rodeaba, comprendió que se trataba de la consecuencia de la conversación que esa mañana había sostenido con su mujer. El haberle comunicado sus proyectos de viaje, el que ella lo hubiera escuchado tranquila, casi sin hacer el menor reparo, el que entre su resolución y la realización no tuviera que cumplir sino pasos secundarios, el ver delante de sí un próximo futuro claro y de un solo sentido, todo eso era lo que determinaba su sensación de felicidad.

Sin darse cuenta de los lugares por donde pasaba, Veraguth había echado a andar por aquel camino que pocas semanas antes había recorrido con su amigo Burkhardt. Sólo cuando la senda comenzó a ascender se dio cuenta del lugar en que se encontraba y recordó entonces aquel paseo que había hecho con Otto. Allá arriba estaba el bosquecillo, el banco y el misterioso panorama claroscuro que ofrecía el luminoso y plástico paisaje del valle del río azulado; el otoño venidero habría de pintarlo, se proponía hacer sentar a Pierre sobre aquel banco y hacer destacar suavemente la clara cabeza del niño entre la luz sombreada, oscura, del bosquecillo.

Comenzó a subir la colina mirando atentamente hacia adelante y sin sentir el calor del mediodía que se aproximaba; en tanto escudriñaba, esperando el momento en que se presentara ante su vista, cuando él llegara a lo alto, el borde del bosquecillo, volvió a pensar en aquel día en que había subido allí con Burkhardt y recordó la conversación que ambos habían sostenido; sí, recordó las palabras y preguntas de su amigo, recordó el colorido del paisaje en aquellos primeros días del estío, cuyo verde desde entonces se había hecho mucho más intenso y suave. Y de pronto, despertó en su alma un sentimiento que hacía años no anidaba en ella y cuyo súbito retorno le hizo remontarse a los tiempos de su dorada juventud. Le parecía como si desde aquel momento del paseo por el parque realizado en compañía de Otto hubiera transcurrido largo, larguísimo tiempo, y como si él mismo desde entonces, habiendo evolucionado en gran medida, hubiera llegado a convertirse en otro hombre, de suerte que no podía menos que mirar su *yo* de aquellos días con una suerte de conmiseración irónica.

Sorprendido por ese sentimiento tan plenamente juvenil que veinte años atrás había sido en él el sentimiento de todos los días y que ahora lo embargaba como un extraño hechizo, pensó en el tiempo transcurrido ese verano y se dio cuenta de algo que ni el día anterior ni un instante antes había advertido. Se encontraba transformado en su ser; hoy hallaba claridad en su vida y poseía un conocimiento seguro del camino que habría de tomar, cosas que poco antes se encontraban sumidas en la oscuridad y en una irremediable incertidumbre. Era como si su vida hubiera vuelto a encontrar la dirección clara, definida, resuelta, de su fluir a torrentes, en tanto que poco antes y por largo tiempo había estado dando vueltas sobre sí misma titubeante e irresoluta en un cenagoso lago de aguas estancadas. Comprendió entonces claramente que nada podría disuadirlo de su viaje, que no tenía nada que hacer con todas las cosas que lo rodeaban, sino despedirse, por más que su corazón ardiera por ellas. Su vida había vuelto a cobrar su fluir y su torrente apuntaba con decisión hacia la libertad y el futuro. Sin haberlo advertido, hacía ya tiempo que, en lo más íntimo de su alma, Veraguth se había separado y despedido de la ciudad y de la comarca, de Rosshalde y de su esposa.

Permaneció un rato de pie aspirando las claras oleadas de la sensación de libertad que lo embargaba. Pensó en Pierre y sintió que un dolor agudo, cortante, le penetraba implacable todo su ser, cuando vio con claridad que era menester recorrer todo ese camino hasta el final y que era preciso separarse también de Pierre.

Con el rostro convulsivamente contraído, permaneció así un largo rato; pero si el dolor le quemaba el corazón, por otro lado sentía que en él palpitaba la vida y vibraba la luz, que para él había claridad y futuro. Eso era lo que Otto Burkhardt esperaba que su amigo alcanzara. Ésa era la extirpación del viejo absceso, largo tiempo sufrido, de la que había hablado Otto. El corte dolía, ¡oh, sí!, dolía amargamente, pero con la muerte de los deseos más queridos, morían también el desasosiego y la falta de unidad, la ambigüedad y la parálisis de su alma. Sí, en él se había hecho día, un día terriblemente claro, bello, luminoso.

Con el corazón conmovido dio los últimos pasos que lo separaban de la cima del collado y se sentó en el sombreado banco de piedra. Se sintió penetrado por un profundo sentimiento de vida que era cual un retorno de la juventud y, agradecido, su pensamiento voló hacia el lejano amigo sin cuya ayuda él nunca habría podido encontrar el camino, sin el cual él habría permanecido para siempre en la sorda prisión en que languidecía su alma.

No era propio de la naturaleza del pintor permanecer mucho tiempo meditando o persistir en estados emocionales extremos. Junto con el sentimiento de la curación de su alma y de la recuperación de su voluntad, cobró Veraguth nueva conciencia de su fuerza creadora y de su energía personal.

Se irguió, abrió los ojos y con vivaz mirada se puso a planear su nuevo cuadro. Contempló largo rato, a través de las sombras del bosquecillo, el luminoso valle del río que se extendía a lo lejos. Eso era lo que iba a pintar, y para hacerlo, no quería esperar ya al otoño. Tratábase de una tarea en sumo grado delicada; la obra presentaría dificultades esenciales, habría en ella difíciles problemas que resolver; era menester pintar ese maravilloso panorama con amor, era menester pintarlo con mucho amor y mucho estudio, así como lo hubiera hecho un viejo maestro, un Durero o un Altdorfer. En este cuadro, el predominio de la luz y de su ritmo místico no podían constituir el valor único; aquí era preciso que la más insignificante de las formas adquiriera pleno derecho y fuera meditada cuidadosamente, así como su madre reflexionaba sobre la disposición y valor de cada hierbecilla al formar sus maravillosos reinos de flores de los prados. La lejanía fría y clara del valle tenía que retroceder doblemente por obra del cálido torrente de luz del primer plano y por obra de las sombras del bosquecillo, y tenía que destacarse en el fondo del cuadro como una piedra preciosa reluciente, tan fría como dulce, tan extraña al corazón como atrayente.

Veraguth miró su reloj; ya era hora de regresar a su casa. No quería que hoy su mujer volviera a esperarlo. Mas antes de partir sacó del bolsillo su cuadernillo de apuntes, y de pie, al borde de lo alto del collado, a la plena luz del mediodía, delineó con vigorosos trazos el boceto de su próximo cuadro: la perspectiva general, la disposición del conjunto y la forma oval de la vista de la preciosa lejanía, de la que tanto se prometía.

Con ella se retrasó el pintor aún un poco más, de manera que sin cuidarse del calor bajó con gran prisa por el camino castigado por los verticales rayos del sol. Pensó en lo que necesitaría hacer para pintar su cuadro y, por fin, determinó levantarse muy temprano a la mañana siguiente, para contemplar ese paisaje a la primera luz matinal; sintió que su corazón se agitaba alegre e inquieto; el saber que nuevamente le esperaba una hermosa y atractiva tarea que cumplir lo alborozaba.

—¿Qué hace Pierre? —fueron sus primeras palabras al entrar apresuradamente en la residencia.

La señora Adele le comunicó que el pequeño estaba tranquilo y cansado; parecía no sentir dolor alguno y permanecía pacientemente acostado. Sería mejor no molestarlo, puesto que se manifestaba en extremo sensible y se sobresaltaba apenas se abría una puerta o cuando percibía un ruido súbito.

—Pues bien —asintió el pintor—; lo visitaré luego, tal vez al atardecer; estaba afuera proyectando mi nuevo cuadro que pintaré en los próximos días al aire libre.

Comieron en silencio y con tranquilidad; a través de las celosías cerradas penetraba una luz verde en la fresca habitación; todas las ventanas estaban abiertas, de manera que en medio de la silenciosa hora del mediodía se podía oír el suave murmullo de la pequeña fontana del patio.

—Necesitarás un equipaje muy especial para tu viaje a la India —dijo Albert—. ¿Llevarás también un equipo de caza?

—No creo. Burkhardt se ocupará de todo eso. Ya me aconsejará sobre lo que convenga adquirir. Creo que mis utensilios de pintura tienen que ser metidos en cajas herméticamente cerradas con brea.

—¿Llevarás también un casco tropical?

—Tal vez. En todo caso podré comprarlo al llegar.

Cuando Albert se retiró, la señora de Veraguth rogó a su marido que permaneciera un momento con ella. Se sentó junto a la ventana en su sillón de mimbre y el pintor acercó su silla.

—¿Cuándo piensas, pues, partir?

—¡Oh, eso depende sobre todo de Otto! Desde luego, tengo que atenerme a lo que él disponga. Creo que será aproximadamente para fines de septiembre.

—¿Tan pronto? No he podido pensar en ello sino muy poco. Estoy preocupada por el estado de Pierre que me necesita. Pero me parece que no puedes pedirme demasiado tocante al niño.

—En verdad, tampoco yo quiero pedir nada; hoy he vuelto a reflexionar sobre la cuestión. Puedes contar con la más amplia libertad. Bien veo que no corresponde que yo me ande paseando por el mundo y que al propio tiempo pretenda inmiscuirme en los asuntos de aquí. En todo

debes hacer lo que te parezca mejor. No es posible que
tengas una libertad menor que la que yo exijo para mí
mismo.

—Pero, ¿qué ocurrirá con la casa? No puedo quedarme aquí sola; está demasiado apartada y es asimismo
demasiado vasta; por lo demás, encontraría aquí muchos
recuerdos que no quisiera tener.

—Ya te dije que podías irte donde quisieras. Rosshalde
te pertenece por entero, ya lo sabes; y en previsión de
cualquier evento me propongo dejar este asunto en regla
antes de mi partida.

La señora Adele se puso pálida. Miraba el rostro de su
marido con una atención casi hostil.

—Hablas —dijo con voz contenida— como si no tuvieras intención de volver.

Veraguth parpadeó mirando el suelo.

—Yo mismo no lo sé. Todavía no tengo siquiera idea
de cuánto haya de durar mi ausencia; por lo demás, no
creo que la India tenga un clima muy saludable para personas de mi edad.

Ella meneó severamente la cabeza.

—No me refiero a eso. Todos podemos morir. Quiero
saber si tienes intención de volver.

Veraguth guardó silencio y se quedó un instante parpadeando; por fin, sonriendo débilmente, se puso en pie.

—Hemos de hablar de esto en otro momento. ¿Recuerdas que nuestra última disputa, hace ya algunos años,
versaba precisamente sobre esta cuestión? No quiero tener aquí, en Rosshalde, ninguna disputa más; contigo, por
lo menos. Supongo que piensas igual que aquella vez. ¿O
estarías dispuesta a cederme al pequeño?

La señora de Veraguth movió negativamente la cabeza
sin decir nada.

—Me lo imaginaba —dijo el pintor con calma—; dejemos, pues, este tema. Como ya te dije, puedes disponer
de la casa como mejor te plazca. No, no tengo el menor
interés en conservar Rosshalde, de modo que si se te ofre-
ce la ocasión de venderlo todo a buen precio, hazlo.

—Pero esto representa el fin de Rosshalde —dijo la señora Adele con un tono de profunda amargura, pensando en los años felices de su instalación en la finca, en la época de la infancia de Albert, en todas las esperanzas que había alimentado en aquellos días. Era, pues, el fin de todo eso.

Veraguth, que ya se había dirigido hacia la puerta, se volvió y dijo suavemente a su mujer:

—¡No lo tomes demasiado a pecho, hija! ¡Si quieres, puedes conservarlo todo!

El pintor salió al patio, desenganchó al perro de la cadena y se encaminó al estudio acompañado por los ladridos gozosos del animal que saltaba retozando a su alrededor. ¡Qué le importaba Rosshalde! Era una de las cosas con las que ya nada tenía que hacer. Por primera vez sintióse el pintor en una situación superior a la de su mujer. En el fondo de su corazón había cumplido el sacrificio, había renunciado a Pierre. Desde que había conseguido separar su alma del pequeño, todo su ser se proyectaba decidido hacia adelante. Para el pintor, Rosshalde representaba algo ya acabado y muerto, tan acabado y muerto como muchas esperanzas de otros tiempos, acabado y muerto como la época de su juventud. ¡Inútil era quejarse de ello!

Veraguth tocó la campanilla y Robert se presentó al instante.

—He de pintar unos días al aire libre. Prepare la caja más pequeña de pinturas y también la sombrilla, a fin de que todo esté en orden para mañana temprano. Me despertará usted a las cinco y media.

—Muy bien, señor Veraguth.

—Eso es todo. ¿Cree usted que se mantendrá este tiempo?

—Me parece que sí... Excúseme usted, señor Veraguth, pero es el caso que quisiera preguntarle algo.

—¿Sí?

—Le ruego usted que me disculpe, pero he oído que el señor se propone emprender un viaje a la India.

Veraguth rompió a reír asombrado.

—¿Cómo? La noticia ha corrido bien rápido. Natural-

140

mente fue Albert quien debe de haber estado hablando del viaje. Pues sí, haré un viaje a la India y usted no puede acompañarme, Robert, puesto que allá no hay criados europeos. Pero si más adelante quisiera usted volver a servirme, ya sabe que lo espero. Mientras tanto, me ocuparé de obtenerle otra buena plaza; por lo demás, de un modo u otro, recibirá usted su sueldo completo hasta fin de año.

—Muchas gracias, señor Veraguth; le agradezco mucho sus amabilidades. ¿Me atreveré acaso a pedirle sus señas? Me gustaría, si el señor me lo permite, escribirle alguna vez. A decir verdad... no es tan sencilllo... mi caso...; tengo una novia, señor Veraguth.

—¡Ah! ¿Conque tiene usted una novia?

—Sí, señor Veraguth; de modo que si usted me despide tendré que casarme, porque le he prometido que cuando abandonara el servicio de esta casa no volvería a servir en otra parte.

—Entonces estará usted contento de que lo deje ahora en libertad. Yo, por mi parte, lo siento mucho, Robert. Pero, dígame usted, ¿qué hará cuando se case?

—Pues ella quiere que abramos un negocio de venta de cigarrillos.

—¿Una cigarrería? ¡Robert, eso no es para usted!

—Perdón, señor Veraguth, pero no se pierde nada con probar. Mas le ruego que me diga si no podría además seguir considerándome a su servicio, señor Veraguth.

El pintor le palmoteó el hombro y dijo:

—Hombre, no entiendo. ¿Quiere usted casarse, quiere abrir un estúpido negocio y además quiere usted permanecer a mi servicio? Me parece que en sus proyectos no todo es consecuente... ¿Está usted muy interesado en ese matrimonio, Robert?

—Dicho sea con el perdón del señor, no, señor Veraguth. Más me gustaría permanecer aquí. Mi novia tiene mal carácter y...

—Pero entonces, hombre, ¿por qué habría usted de casarse? ¿Tiene miedo de ella? ¿No tendrán ustedes algún hijo? ¿O se trata de...?

—No, no es eso. Pero la verdad es que ella no cesa de importunarme...

—Entonces regálele usted un hermoso broche, Robert; yo mismo le daré el dinero para comprarlo. Se lo lleva usted a su novia y le dice que se busque otro novio para su negocio de cigarros. Dígale que yo mismo se lo he sugerido. ¡Y avergüéncese usted, Robert! Le doy ocho días de tiempo para que se resuelva. ¡Entonces sabré si es usted un hombre que se atemoriza frente a una muchacha o no!

—Está muy bien, señor Veraguth, está muy bien. Se lo diré sin falta.

Veraguth lo escuchaba con una sonrisa. Clavó sus ojos coléricos en el atribulado sirviente y dijo con energía:

—¡Envíe a paseo a esa muchacha, Robert!; de otra manera quedaremos nosotros dos disgustados. ¡Al diablo... dejarse casar! ¡Vaya y arregle pronto este asunto!

Luego Veraguth cargó una pipa, tomó un gran cuaderno de apuntes y un cartucho de carbón de dibujo y se encaminó al collado del bosquecillo.

Capítulo XIV

El ayuno no parecía dar los resultados que se esperaban. Pierre yacía en su cama encogido, sin haber tocado
siquiera la taza de té que estaba sobre la mesilla. Lo habían dejado tranquilo, ya que no respondía a nada que se
le dijera y porque cada vez que alguien abría la puerta
para entrar en el dormitorio, el niño se sobresaltaba. Su
madre permaneció sentada junto a su cama largas horas,
murmurando suavemente palabras cariñosas y tranquilizadoras. Hallábase seriamente inquieta y preocupada; le
parecía que el pequeño enfermo se empeñaba con obstinación en encerrarse en sus secretos dolores. El niño no
respondía a ninguna pregunta, a ningún ruego, a ningún
ofrecimiento, sino que, manteniendo rígidas sus pupilas,
no quería dormir, ni jugar, ni beber, ni que nadie le leyera
nada. El médico había ido a visitarlo dos días seguidos;
no había dicho gran cosa; se había limitado a ordenar
que se mantuviera tibiamente arropado el cuerpo del enfermo. Pierre se hallaba sumido la mayor parte del tiempo en una suerte de duermevela febril; murmuraba a las
veces palabras incomprensibles y en estado de semiinconsciencia y confuso delirio soñaba en voz alta.

Hacía ya varios días que Veraguth pintaba al aire libre.
Cuando llegó esa tarde a su casa a la hora crepuscular, lo
primero que hizo fue preguntar por el pequeño Pierre. Su
mujer le pidió que no entrara en la habitación del enfermo,
puesto que Pierre se mostraba sumamente sensible a cualquier ruido y porque en ese momento parecía adormecido.
Como la señora Adele hablaba muy lacónicamente y se
mostraba frente a él como aturrullada y recelosa, Veraguth
no preguntó nada más, sino que se dirigió a tomar su baño
habitual; luego, pasó una noche intranquila, presa de la

143

cálida agitación que lo invadía siempre que se hallaba empeñado en la fase preparatoria de un nuevo cuadro. Ya había realizado múltiples estudios y esbozos, y al día siguiente se proponía encarar el comienzo del cuadro mismo. Eligió con calma cartulinas y telas, juntó pinceles, paletas y todos los utensilios de pintura que habría de emplear; hizo preparativos semejantes a los del que se propone llevar a cabo una excursión de recreo; comprobó si estaba llena su bolsa de tabaco, preparó la pipa y el encendedor como un turista que la víspera de una ascensión a la montaña no encuentra nada mejor que hacer en las horas de espera que faltan para acostarse, que pensar con fruición en la mañana siguiente y disponer y preparar los objetos más insignificantes que habrá de utilizar en su paseo.

Luego, sentado muy a su placer junto a una copa de vino, leyó las cartas que le habían llegado por el correo de la tarde. Entre ellas estaba una carta alegre, rebosante de cariño de Burkhardt, acompañada de una lista, digna de un ama de casa por sus minuciosos detalles, de los objetos que Veraguth debía preparar para el viaje. Divertido, leyó el pintor toda la lista en la que no se había olvidado ni las fajas de algodón ni los zapatos de playa; ni las camisas para dormir, ni las polainas de cuero. Al pie de la lista había escrito Burkhardt las siguientes palabras:

"De todo lo demás me ocuparé yo mismo. No te preocupes de obtener drogas destinadas a combatir el malestar que produce el balanceo del barco ni libros que traten de viajes a la India; todo eso es asunto mío".

Sonriendo, se volvió hacia un gigantesco cilindro metálico con una serie de grabados al aguafuerte que un joven pintor de Düsseldorf le había dedicado, lleno de admiración y respeto, y le había enviado como obsequio. También para esto encontraba hoy Veraguth ánimo y tiempo; contempló atentamente las hojas y eligió la mejor de ellas para su colección personal; las otras se las dejaría a Albert. Luego escribió un cordial billetito a su joven colega.

Por último abrió su cuaderno de notas y se puso a exa-

144

minar lentamente los múltiples dibujos y esbozos que había trazado al aire libre. No todos le satisfacían enteramente; al día siguiente intentaría una nueva disposición, era menester que el conjunto fuera más amplio; si el cuadro, así y todo, no encajaba bien en sus esbozos, continuaría haciendo estudios hasta lograrlo. De todos modos, al día siguiente tendría que desarrollar gran actividad; ya surgiría en algún momento la disposición que satisficiera por completo al pintor. Ese cuadro sería su despedida de Rosshalde; el lugar que había escogido para pintar era, sin lugar a dudas, el trozo de paisaje más hermoso y encantador de toda la comarca, y Veraguth esperaba, siendo éste digno de él, darse sin reservas a su obra. No sería la suya una sencilla representación del paisaje sino un cuadro serio, delicado, muy pensado. Ya tendría tiempo de gustar en los trópicos esa lucha rápida del pintor con la naturaleza; allí, al aire libre, vencería nuevas dificultades, sufriría derrotas y gozaría de triunfos.

Veraguth se extendió en la cama y durmió magníficamente hasta que Robert lo despertó. Se levantó en seguida y se estremeció con un escalofrío por la frescura de la mañana; con alegre prisa bebió de pie una taza de café y empujó hacia afuera al criado que debía llevarle la tela, la silla plegadiza y las cajas de pintura.

En seguida salió de la casa y, seguido por Robert, comenzó a andar a la pálida luz del alba. Quiso preguntar, antes de entregarse a su trabajo, cómo había pasado Pierre la noche, mas encontró la residencia aún cerrada sin señales de que hubiera alguien despierto.

La señora Adele había permanecido hasta muy avanzada la noche junto al lecho del pequeño, pues le pareció que éste tenía algo de fiebre. Había escuchado el balbuceante murmullo del niño, le había tomado el pulso y puesto en orden la cama. Cuando, besándolo en la frente, le dio las buenas noches, Pierre abrió de pronto los ojos y se quedó mirándola fijamente al rostro, mas sin decir cosa alguna. La noche transcurrió en calma.

Cuando, por la mañana, la señora Adele entró en la habitación de Pierre, encontró a éste completamente despierto. El niño no quería desayuno ninguno; sólo pedía un libro ilustrado con láminas. Su madre quiso ir ella misma a buscarlo. Colocó otra almohada bajo la cabeza del niño, descorrió las cortinas de la ventana y le puso en las manos el libro; se trataba de la figura de un señor Sol[1] gigantesco y radiante, de vivo color amarillo oro, por el que Pierre tenía particular gusto.

Levantó el libro a la altura de su rostro y la hermosa y clara luz matinal iluminó la lámina. Inmediatamente una sombra de dolor, desilusión y malestar invadió el semblante delicado de Pierre.

—¡Oh, qué mal me hace mirarlo! —exclamó con expresión de dolor dejando caer el libro de láminas.

La señora Adele lo alzó y se lo puso nuevamente ante la vista.

—¡Pero si es tu querido señor Sol![1]—dijo, tratando de persuadir a su hijo.

Éste, empero, se llevó rápidamente las manos a los ojos para cubrirlos.

—¡No, que me hace daño! ¡Es espantosamente amarillo!

Con un suspiro, la madre apartó el libro. ¡Dios sabría lo que su niño tenía! Ella conocía muchos accesos de la sensibilidad exacerbada y muchos caprichos de Pierre, mas nunca había estado el pequeño como ahora.

—Escucha —díjole la señora Adele suavemente—; te traeré una taza de té caliente, tú mismo le echarás el azúcar; además, te traeré un bizcocho.

—¡No quiero!

—Procura tomar siquiera un poquito. Te hará bien; ya verás.

Con expresión de tormento y furia, el niño se quedó mirándola fijamente a los ojos.

—¡Si digo que no quiero!

Su madre salió de la habitación y permaneció ausente un buen rato. Pierre parpadeaba a causa de la luz; le pa-

---

[1] *En el original alemán, idioma en el que la voz "Sonne" (sol) es femenina, se lee "Frau Sonne" (la señora Sol). (N. del T.)*

recía extremadamente aguda y chillona; le hacía daño. ¿No habría, pues, para él, ningún consuelo, ni un poquito de bienestar, ni siquiera una alegría insignificante? Con obstinación, restregaba su rostro cubierto de lágrimas entre las almohadas y mordía las blandas sábanas de insípido gusto. Era ésta la repetición de una práctica de su primera infancia. Cuando Pierre era un niño muy pequeñito y se lo acostaba sin que, empero, pudiera dormirse, había contraído la costumbre de morder la funda de la almohada, que mascaba, no sin cierto ritmo hasta que, fatigado, lograba por fin adormecerse. Ahora volvía a hacer lo mismo y se hallaba ocupado enteramente en ello y sumido en una suerte de sopor tranquilo que le procuraba una sensación de alivio.

Su madre volvió después de una hora. Se inclinó sobre Pierre y le dijo:

—Entonces, ¿volverá Pierre a ser bueno? Antes estuviste muy malo conmigo; por eso mamá se quedó muy triste.

En otros tiempos esto constituía un medio poderoso de vencer la obstinación del niño, de manera que al decir tales palabras la señora de Veraguth aguardaba no sin inquietud la reacción de Pierre que de fijo se echaría a llorar. Mas esta vez no pareció prestar la menor atención al reproche de su madre, de suerte que cuando ésta le preguntó un tanto severamente:

—¿Sabes que te has comportado con mucha grosería?
—Pierre torció la boca con gesto casi burlón y miró a su madre con expresión por completo indiferente.

Poco después llegó el consejero de sanidad.

—¿Volvió a vomitar? ¿No? Muy bien. ¿Pasó una noche tranquila? ¿Con qué se desayunó?

Cuando luego, aproximándose al niño le hizo girar el rostro hacia la ventana, Pierre volvió a mostrar señales de sentir dolores y cerró apretadamente los ojos. El médico se quedó un instante observando atentamente el gesto de defensa y la expresión de dolor que se leía en el rostro del pequeño paciente.

—¿Es que también se manifiesta tan sensible respecto

147

de los ruidos? —le preguntó a la señora Adele en un susurro.

—Sí —repuso ésta en voz baja—; ya no tocamos el piano; su sonido lo desespera.

El consejero de sanidad asintió con un movimiento de cabeza y corrió un poco las cortinas. Luego, hizo que Pierre se incorporara en la cama, auscultó su corazón y con un martillito metálico golpeó sobre los tendones poco más abajo de las rodillas.

—Ya está —dijo por fin cordialmente—; ahora te dejaremos en paz, hijo.

Volvió a acostarlo con cuidado sobre la cama, le tomó la mano y lo saludó con una sonrisa.

—¿Me permite usted permanecer aún un momento con usted? —preguntó el médico a la señora de Veraguth con tono mundano y caballeresco. Ella lo condujo a su salón.

—Ahora cuénteme usted todo lo que se refiere a su niño —dijo con vivacidad el consejero—. Me parece que es una criatura sumamente nerviosa; tendremos que tener paciencia con él, usted y yo. Que se trate de un desarreglo estomacal es cosa que ya no creo. Es menester que vuelva a comer sin falta. Déle usted alimentos fortificantes: huevos, jugos, cremas. Procure darle, para empezar, yema de huevo. Si al niño le gusta lo dulce, désela batida con azúcar en una taza. Dígame usted qué particularidades en el estado del niño llamaron su atención.

Alimentando algunos cuidados, mas en parte tranquilizada por el tono cordial y seguro del médico, la señora de Veraguth comenzó a informarle de todo. Lo mismo le daba que le rogaran o que lo reprendieran; todo parecía serle indiferente. Le refirió lo que había ocurrido con el libro de láminas y el consejero de sanidad asintió.

—Es preciso tolerárselo —dijo por fin al levantarse—. Está enfermo y no se da cuenta de sus descortesías. Déjelo usted lo más posible tranquilo. Si siente dolores de cabeza aplíquenle compresas de hielo. Por la noche introdúzcalo el mayor tiempo posible en un baño tibio; eso le ayudará a dormir.

Por fin se despidió sin permitir que la señora de Veraguth lo acompañara hasta la planta baja.

—Cuide usted que hoy no deje de comer —dijo aún el médico al marcharse.

Ya abajo, atravesó la puerta de la cocina que estaba abierta y preguntó por el criado del señor Veraguth.

—Llame a Robert —ordenó la cocinera a una mucama—. Debe de encontrarse en el estudio.

—No, no es necesario —exclamó el consejero de sanidad—. Yo mismo iré para allá. No, no se moleste usted; conozco el camino.

Abandonó la cocina, diciendo unas palabras chistosas y comenzó a andar lentamente bajo los castaños, con rostro que, súbitamente, adquirió una expresión seria y meditabunda.

La señora de Veraguth volvió a reflexionar una y otra vez en cada una de las palabras que le había dicho el médico sin llegar a ninguna conclusión clara. Visiblemente aquél consideraba el malestar de Pierre como algo más serio de lo que lo había hecho hasta entonces; con todo, no había dicho que se tratara de algo grave y se había manifestado tranquilo y seguro; sin duda, no entrañaba serio peligro la enfermedad del pequeño. Parecía tratarse de un estado de debilidad y nerviosidad que era menester vencer con paciencia y atención cuidadosa.

Se llegó al salón de música y cerró la tapa del teclado del piano a fin de que Albert, distraída e impensadamente, no se pusiera a tocarlo al verlo abierto. Pensó también en cuál sería el lugar más conveniente para apartar el instrumento en el caso de que ese estado de cosas se prolongara por más tiempo.

Una y otra vez se llegó hasta el dormitorio de Pierre; abría con precaución la puerta y se quedaba escuchando para establecer si el pequeño dormía o se quejaba. Lo encontró todas las veces despierto y con mirada apática, de suerte que ella volvía a salir con el corazón inundado de tristeza. Más hubiera querido tener que asistirlo en medio de dolores y peligros que verlo así extendido, encerrado dentro de sí mismo, e indiferente a todo; parecíale que un extraño abismo de pesadilla la separaba de su niño, un funesto y persistente hechizo, y que todo su amor y todas sus inquietudes de madre no conseguían romper. Antojábasele que detrás de todo eso se agazapaba un vil y odioso enemigo, cuya naturaleza y perversas intenciones no eran conocidas y contra el cual no se poseía arma alguna. Acaso se estuviera incubando en el delicado cuerpecillo alguna fiebre, o la escarlatina o bien cualquiera otra de esas enfermedades que suelen atacar a los niños.

Presa de viva inquietud, la señora Adele se encerró en su salón para descansar un rato. Su mirada se detuvo en un ramo de flores y entonces, inclinándose sobre la redonda mesa de caoba, cuya madera de color rojo oscuro resplandecía fuerte y cálidamente bajo la inmaculada carpeta blanca, hundió su rostro cerrando los ojos entre las blandas, frondosas flores estivales cuyo aroma dulzón, cuando la señora Adele lo aspiró, tenía en el fondo un gusto profundamente amargo.

Cuando volvió a erguirse un tanto aturdida y, con ojos vacuos, miró las flores, la mesa y toda la estancia, sintió que desde el fondo de su alma le subía una oleada de amarga tristeza. En un repentino despertar de su alma contempló las paredes y todo cuanto contenía su salón, la alfombra y la mesa de las flores, el reloj y los cuadros, y todo le pareció extraño a ella; le pareció que ya no tenía relación alguna con su corazón; vio entonces la alfombra enrollada, los cuadros embalados —esas cosas, que ya no poseían hogar ni alma— y todo cargado sobre un carro que debía llevar a un nuevo lugar desconocido e indiferente. Vio a Rosshalde vacía, con sus puertas y ventanas cerradas, abandonados los arriates de flores de los jardines, y sintió el dolor oscuro de tener que dejar todo eso.

Fueron sólo unos pocos instantes en los que una y otra vez se percibió la casi silenciosa pero apremiante voz de las sombras, cual una imagen fugaz y fragmentaria del futuro. De pronto, afloró claramente a su conciencia, desde las profundidades de su vida escondida y ciega, el sentimiento de que pronto ella, Albert y el pequeño Pierre, enfermo, serían tres seres sin hogar, de que su marido la abandonaría y que ella se quedaría para siempre con el alma llena de esa frialdad y apatía irremediables de tantos años desdichados. Viviría para sus hijos, mas ya nunca podría volver a encontrar la hermosa y dulce vida propia que en otra época había esperado que Veraguth le diera, vida a la que hasta ayer y hoy, si bien oscura y secretamente, no había cesado de aspirar. Ahora ya era demasiado tarde y la señora Adele se estremeció profundamente al advertirlo con tanta claridad.

Mas, en seguida, su naturaleza sana y vigorosa reaccionó defendiéndose. Le esperaba una temporada de intranquilidad e incertidumbre; el pequeño Pierre estaba enfermo y las vacaciones de Albert pronto llegarían a su término. Era inadmisible, absolutamente inadmisible, que también ella ahora perdiera el ánimo y prestara oídos a oscuras voces. Primero tenía que restablecerse Pierre, que partir Albert y hallarse en la India Veraguth; luego ya vería. Siempre tendría tiempo de lamentarse de su destino y de llorarlo amargamente. En este momento no tenía sentido que lo hiciera, que se pusiera a considerar tales cosas.

La señora de Veraguth sacó al alféizar de la ventana abierta el vaso de flores y se encaminó a su dormitorio, donde se refrescó las sienes con un pañuelo embebido en agua de Colonia y examinó frente al espejo su severo peinado; luego con silencioso paso se dirigió a la cocina para preparar ella misma un bocado para Pierre.

Una vez que lo hubo preparado se presentó junto a la camita del pequeño, a quien hizo incorporar y, sin prestar atención al ademán negativo del niño, comenzó a darle con la cuchara, seria y atenta, una yema de huevo batida. Luego, le enjugó la boca y lo besó en la frente, puso en orden el lecho y le rogó que fuera bueno y durmiera.

Cuando Albert llegó a la casa después de haber dado un paseo por los alrededores, la señora Adele lo llevó a la galería exterior donde la suave brisa estival agitaba las desplegadas marquesinas de rayas blancas y amarillas.

—Ha vuelto a venir el médico —dijo—. Parece que Pierre tiene los nervios algo alterados, de manera que necesita la mayor tranquilidad que sea posible procurarle. Lo siento por ti, pero es menester que no toques el piano. Sé bien que para ti eso representa un sacrificio, hijo. ¿No sería acaso conveniente que, aprovechando este hermoso tiempo, hicieras una excursión de un par de días a las montañas o a Munich? Papá seguramente no se opondrá a ello.

—Gracias, mamá, eres muy amable. Tal vez haga una excursión de un día, pero no quiero ausentarme por tiempo más largo, pues de hacerlo te quedarías completamente sola mientras dure la enfermedad de Pierre. Por lo demás, tengo que pensar también en comenzar los trabajos del colegio, pues me he pasado todo este tiempo holgazaneando. ¡Con tal que Pierre se cure pronto!

—Muy bien. Albert, está muy bien. Te aseguro que éste es para mí un momento difícil, de modo que me alegro mucho de tenerte a mi lado. Con papá parece que estás en mejores relaciones, ¿no es verdad?

—Sí, es verdad. Desde que resolvió emprender ese viaje a la India. Por otra parte, lo veo muy poco. Se pasa pintando el día entero. ¿Sabes?, muchas veces lamento haber abrigado sentimientos tan violentos contra él..., pero es que me atormentaba tanto que...; mas la verdad es que tiene algo que en definitiva me impone respeto. Cierto es que papá es una persona enteramente unilateral, que no entiende gran cosa de música, pero es un gran artista que tiene que cumplir una misión en su vida. Eso es lo que me hace respetarlo. Nada le importa ser célebre ni tampoco asigna importancia alguna al dinero que gana con sus cuadros; no trabaja por esas cosas.

Albert frunció las cejas en un esfuerzo por encontrar las palabras convenientes para expresar lo que sentía, empero, con claridad; pero no lo consiguió, de suerte que la señora Adele sonrió y le pasó la mano por el cabello en tierna caricia.

—¿Quieres que por las tardes volvamos a leer algo en francés? —preguntó la señora de Veraguth lisonjeramente.

El joven asintió, y en ese momento le pareció a la madre insensato e incomprensible el que poco antes hubiera podido anhelar un destino distinto del de vivir por entero para sus hijos.

Capítulo XV

Poco antes del mediodía se presentó Robert en el borde del bosquecillo para ayudar a su amo a transportar los utensilios de pintura al estudio. Veraguth había terminado de trazar un nuevo esbozo que él mismo quería llevar. Ahora sabía con toda precisión cómo sería su nuevo cuadro y se proponía obligarlo a nacer en pocos días.

—Mañana muy temprano volveremos aquí —exclamó complacido y pestañeando con cansados ojos a causa de la deslumbrante luz del mediodía.

Robert se desabotonó ceremoniosamente su chaqueta y de su bolsillo interior sacó un papel. Se trataba de un sobrecillo un tanto arrugado sin el nombre del destinatario.

—Esto es para usted, señor Veraguth.

—¿De quién?

—Del señor consejero de sanidad. Alrededor de las diez fue al estudio y preguntó por usted; pero me dijo que no interrumpiera su trabajo.

—Está bien. ¡Adelante!

El criado echó a andar cargando con el saco, la silla plegadiza y el caballete, mientras Veraguth, permaneciendo de pie, abrió el sobre con el presentimiento desagradable de que no se trataba de una buena noticia. Dentro del sobrecillo sólo había una tarjeta del consejero de sanidad, quien había escrito con lápiz, en caracteres poco claros por la prisa:

"Le ruego que esta tarde vaya usted a mi casa; quisiera hablar con usted dos palabras acerca de Pierre. Su malestar es más digno de consideración de lo que quise darle a

entender esta mañana a su esposa. No se asuste usted ali-
mentando inútiles cuidados antes de haber hablado con-
migo".

Con un violento esfuerzo, Veraguth venció el miedo que
amenazaba privarlo de la respiración, permaneció de pie
con forzada calma y leyó nuevamente el billete con gran
atención. "Más digno de consideración de lo que quise
darle a entender esta mañana a su esposa". Allí había algo
terrible. Su mujer no era tan frágil ni tan nerviosa que
fuera preciso tomar tales precauciones con ella a causa de
una pequeñez. ¡Quería decir entonces que se trataba de
una enfermedad grave, peligrosa, que Pierre podía morir!
¡Pero he ahí la palabra "malestar" que sonaba tan inofen-
siva, y luego, "inútiles cuidados"! No, no parecía que se
tratara de una enfermedad extremadamente grave. Tal vez
fuera una de esas enfermedades que suelen padecer los
niños. ¿No querría el médico aislarlo y hacerlo ingresar
en una clínica?

Así lo pensó y se quedó más tranquilo. Entonces comenzó a descender lentamente por la cuesta del collado y
recorrió luego el ardiente camino que atravesaba el campo. De un modo u otro haría lo que el médico le había
pedido y lo ocultaría todo a su mujer.

De pronto se sintió aguijoneado por una violenta impaciencia de estar ya en la casa. Aun antes de lavarse y
de poner en lugar seguro su cuadro —lo dejó al pie de la
escalera apoyado contra la pared— entró presuroso en la
residencia y, de puntillas, se acercó al lecho de Pierre. Su
mujer estaba también junto a él.

Veraguth se inclinó sobre el niño y lo besó en el cabello.

—Buen día, Pierre. ¿Cómo estás?

Pierre sonrió débilmente. Mas en seguida comenzó a
oliscar con violenta agitación de las aletas de la nariz y
exclamó:

—¡No, no, vete! ¡Qué mal hueles!

Veraguth se apartó obediente.

—No es más que esencia de trementina, hijo. Papá no
se ha lavado aún porque quería verte en seguida. Ahora

mismo me voy a vestir y en un momento estoy de nuevo contigo. ¿Está bien así?

Entonces se marchó; y al bajar la escalera, recogió el cuadro, sin dejar de oír resonar en sus oídos los lastimeros ayes del pequeño.

Durante el almuerzo pidió a la señora Adele que le informara sobre lo que había dicho el médico y oyó con alborozo la noticia de que Pierre había comido algo sin devolverlo. Sin embargo, sentíase el pintor irritado e inseguro por tener que conversar acerca de esto con Albert.

Luego fue a sentarse una media hora junto al lecho de Pierre que permanecía tranquilo, sólo que a veces se llevaba las manos a la frente como si sintiera dolor de cabeza. Veraguth contemplaba con amorosa y angustiada mirada la delgada boca que presentaba expresión enfermiza y desvanecida y la clara, bonita frente, en la que se marcaba ahora entre los dos ojos una arruga vertical; una menuda arruguilla enfermiza pero infantil y móvil, que desaparecería totalmente cuando Pierre volviera a estar sano. Sí, volvería a estar sano... aun cuando tuviera que costarle doble dolor el partir y abandonarlo. Pierre continuaría creciendo en su delicadeza y belleza de niño y respiraría como una flor a la luz del sol, aun cuando él ya nunca lo viera y lo saludara. Pierre tenía que sanar y convertirse en un hermoso ser luminoso en el que continuaría viviendo lo más delicado y lo más puro del ser de su padre.

Hallándose sentado junto a la cama del niño, comenzó a presentir cuánta amargura le quedaba aún por gustar antes de que lograra dejar detrás de sí todo lo que vivía en Rosshalde. Se le contrajeron entonces los labios, su corazón se defendió de la espina que iba a clavarse en él, pero en lo más profundo de su alma sintió el pintor que por debajo de todos sus dolores y de todo su temor persistía firme e inquebrantable su resolución. Era menester mantenerse en ella; luego, ya sería inaccesible al dolor y al amor. Pero todavía le faltaba vivir los últimos momentos de sufrimiento y era preciso que no se ahorrara ningún padecimiento; sí, estaba dispuesto a apurar la copa de la amargura hasta el final, pues desde días atrás sabía con certeza que sólo esa puerta de tinieblas daba al camino que lo llevaría a la libertad. Si ahora se mostraba cobarde, si ahora pretendiera sustraerse al dolor más pequeño, no haría sino enfangarse y envenenarse y nunca alcanzaría la libertad pura y bienaventurada a la que aspiraba y por la que estaba pronto a sufrir todos los tormentos del mundo.

Ahora, ante todo, tenía que hablar con el médico. Se puso en pie, saludó con ternura a Pierre y salió de la habitación. Se le ocurrió de pronto que Albert podría llevarlo a la ciudad y por primera vez en ese verano se llegó hasta la habitación de su hijo. Golpeó con fuerza la puerta.

—¡Adelante!

Albert estaba sentado junto a la ventana leyendo un libro. Al ver a su padre se puso presurosamente de pie y con gesto sorprendido fue a su encuentro.

—Tengo que pedirte que me hagas un pequeño servicio, Albert. ¿Podrías llevarme rápidamente a la ciudad con el coche? ¿Sí? Es muy gentil de tu parte. Entonces ve y ayuda a enganchar; tengo bastante prisa. ¿Quieres un cigarrillo?

—Sí. Gracias, papá. En seguida voy a ocuparme de los caballos.

Poco después iban ambos sentados en el coche; Albert conducía. Cuando Veraguth hizo detener el vehículo en una esquina de la ciudad y se despidió de su hijo, le dijo aún algunas palabras de agradecimiento.

—Muchas gracias. Veo que has realizado grandes progresos. Ahora llevas muy bien los caballos. Hasta luego, entonces; más tarde volveré a càsa a pie.

Recorrió a paso vivo las ardientes calles de la ciudad. El consejero de sanidad vivía en un barrio tranquilo y elegante; a esa hora del día no encontró Veraguth casi a ninguna persona en su camino. Se cruzó con un carro que regaba las calles, en pos del cual dos niños recibían en sus manos la fina y fresca lluvia de agua que ambos, riendo a carcajadas, se arrojaban a sus rostros acalorados. A través de una ventana abierta sonaban los monótonos ejercicios de piano de un estudiante que practicaba. Veraguth siempre había sentido aversión profunda por las calles solitarias, especialmente en verano, pues le hacían recordar los tiempos de su niñez que había transcurrido precisamente en habitaciones silenciosas y aburridas de calles semejantes, casas que olían a café y a cocina en las escaleras, cuyas ventanas daban a tejados vecinos y que tenían ridículos, diminutos jardincillos sin gracia donde se sacudían las alfombras.

Cuando Veraguth entró en la casa del consejero de sanidad, lo recibió en el corredor, de cuyas paredes pendían gruesos tapices y gigantescos cuadros de marco dorado, un discreto olor a enfermería; una joven que vestía un inmaculado guardapolvo blanco de enfermera le tomó la tarjeta que el pintor presentó y lo condujo primero a la sala de espera donde se hallaban aguardando varias mujeres y un joven; mas luego, a requerimiento de Veraguth, lo llevó a otra habitación donde había amontonadas pilas de ejemplares de muchos años de una revista médica y donde el pintor apenas tuvo tiempo de observar los objetos que le ocupaban, pues la enfermera volvió a presentarse casi al punto para conducirlo al consultorio del consejero de sanidad.

Allí se sentó en un gran sillón de cuero en medio de resplandeciente limpieza; frente a él hallábase sentado el médico, erguido y pequeño detrás de su escritorio; en la elevada cámara reinaba el silencio sólo perturbado por la marcha regular, clara y aguda de un pequeño reloj de vidrio y metal que relucía sobre el escritorio.

—Sí, no me gusta nada el estado de su niño, querido maestro. ¿No hace ya tiempo que advirtió usted en él indisposiciones tales como dolor de cabeza, cansancio, apatía respecto de sus juegos y cosas semejantes? ¿Sólo en los últimos tiempos? Y dígame usted, ¿hace mucho que se manifiesta tan sensible a los ruidos y a la luz viva? ¡Ah! ¿También a los olores? ¿Sí? ¿De modo que no podía tolerar el olor a pintura que había en el estudio? Sí, eso concuerda perfectamente con todo lo demás.

El médico hizo rápidamente muchas preguntas a las que

Veraguth respondía azorado experimentando una sensación de angustia y asombro por el modo de preguntar cortés, irreprochablemente preciso del médico.

Luego, las preguntas fueron haciéndose más lentas, llegaron a ser preguntas aisladas; por último, sobrevino una larga pausa, un silencio que pesaba sobre la estancia como una nube y que sólo interrumpía la marcha aguda, ligera, del coqueto relojito.

Veraguth se enjugó el sudor de su frente. Sentía que había llegado el momento de conocer la verdad, pero como el médico permanecía allí inmóvil, como petrificado, sin decir nada, le sobrecogió un espanto tal que lo paralizó. Movió entonces la cabeza como si el cuello de la camisa lo estuviera ahogando y por último logró decir:

—¿Se trata entonces de algo muy grave?

El consejero de sanidad se le quedó mirando un instante. Lo miró con los ojos apagados de su rostro amarillo y cansado y asintió con un movimiento de cabeza.

—Sí, desgraciadamente es grave, señor Veraguth.

Ya entonces no apartó su vista del rostro del pintor; se quedó observando atentamente cómo éste palidecía y dejaba caer sus manos a los costados. Vio cómo el rostro firme y huesoso de Veraguth se tornaba débil e inerme, vio cómo su boca perdía su aguda tensión y los ojos erraban con la mirada perdida. Vio cómo se le curvaba la boca y cómo le temblaba ligeramente y vio cómo los párpados caían sobre sus ojos cual en un desvanecimiento. El médico observaba y aguardaba. Al cabo de un rato vio cómo los labios del pintor volvían a juntarse y los ojos a animarse por obra de una nueva voluntad; sólo persistía una profunda palidez en su rostro. Entonces comprendió que Veraguth estaba preparado para oírlo.

—¿De qué se trata, doctor? No tiene usted por qué engañarme. Le ruego que me lo diga todo. ¡No creerá usted que Pierre pueda morirse!

Entonces el consejero de sanidad aproximó su silla a Veraguth y comenzó a hablar en voz muy baja, pero aguda y distinta.

—Nadie puede saberlo. Mas si no me equivoco mucho, el pequeño está gravemente enfermo.

Veraguth clavó su mirada en los ojos del médico.

—¡Podrá morirse! Quiero saber si usted cree que puede morir. Comprenda usted... que tengo que saberlo.

El pintor, sin advertirlo, se había puesto de pie y había adoptado una actitud casi amenazante. El médico le puso una mano sobre el brazo; entonces Veraguth, estremeciéndose, se dejó caer como avergonzado en su sillón.

—Es insensato enfocar el asunto como usted lo hace —volvió a comenzar el médico—. No decidimos nosotros acerca de la vida y de la muerte; he ahí algo que diariamente tenemos ocasión de comprobar los médicos. Para nosotros todo enfermo mientras aún respira puede abrigar esperanzas de salvación, ¿sabe usted?

Veraguth lo escuchó pacientemente y luego se limitó a preguntar:

—¿Qué es, pues, lo que tiene el niño?

El médico tosió brevemente.

—Si no me equivoco es encefalitis aguda.

Veraguth permaneció tranquilo repitiendo para sí el nombre de la enfermedad. Luego se levantó y extendió su mano al médico.

—Encefalitis aguda —dijo pronunciando con gran lentitud y cuidado las palabras, pues la boca le temblaba como si estuviera sufriendo un gran frío—. Pero, ¿se trata de una enfermedad que puede curarse?

—Todo puede curarse, señor Veraguth. Muchos que se sintieron atacados por un simple dolor de muelas murieron al cabo de pocos días, en tanto que otros, que exhibían los síntomas de enfermedades gravísimas, salieron del trance.

—Sí, sí, salieron del trance. Ahora me marcharé, doctor. Ha sido usted muy amable conmigo. ¿De modo que la encefalitis aguda no puede curarse?

—¡Pero, querido señor!...

—Perdone usted. Tal vez haya usted atendido a otros niños de esa ence..., de esa enfermedad. ¿Sí? ¡Vea usted!... ¿Es que esos niños viven todavía?

El consejero de sanidad guardó silencio.

—¿Viven acaso dos, o digamos uno solo?

No hubo respuesta alguna.

El médico se había vuelto como al descuido hacia el escritorio y había abierto una gaveta.

—No se desaliente de ese modo —dijo cambiando de tono—. No sabemos si su niño no podrá aún salir del trance. Lo cierto es que está en peligro y que debemos ayudarlo cuanto podamos. Todos tenemos que ayudarlo, ¿comprende? Usted también; lo necesito a usted. Al atardecer volveré a visitarlo. En previsión de cualquier contingencia le daré a usted unos polvos narcóticos, de los que también acaso usted mismo tenga necesidad. Y ahora, atiéndame bien: el niño debe gozar de la mayor tranquilidad y alimentarse con cosas muy nutritivas. Eso es lo principal. ¿No se olvidará usted?

—Seguramente no. ¡No lo olvidaré!

—Si el niño tiene dolores de cabeza o se halla inquieto, los baños tibios constituyen un medio eficaz de combatir esos desarreglos. ¿Tiene usted bolsa para hielo? En todo caso cuando vaya a Rosshalde llevaré una. ¿Tienen ustedes allá hielo? Muy bien entonces. ¡Abriguemos esperanzas, señor Veraguth! No es el caso de que uno de nosotros venga ahora a perder el ánimo; es menester que todos estemos en nuestro puesto. ¿No es verdad?

Con sus vivaces ademanes pretendía infundir confianza en Veraguth, a quien acompañó hasta la puerta del consultorio.

—¿No quiere usted usar mi coche? No lo necesito hasta las cinco de la tarde.

—Gracias, volveré a pie.

Entonces, Veraguth comenzó a andar por las calles que estaban tan desiertas como antes. Miró su reloj; no había transcurrido más que una media hora. Se puso a vagar lentamente recorriendo calle tras calle de la ciudad. Se espantaba ante la idea de salir de ella. Dentro de la ciudad, en ese pobre y estúpido amontonamiento de casas, había olor a medicinas, había enfermedades; allí estaban en su morada la miseria del cuerpo, el miedo y la muerte;

por centenares de calles transitaba lo feo y lo triste y, por lo tanto, uno no estaba allí solo. Pero salir al campo, andar bajo los árboles y bajo el claro cielo, entre el rumor de las guadañas y el canto de los grillos, le parecía que haría mucho más horrible, mucho más insensato, mucho más desesperante su dolor.

Había anochecido, cuando Veraguth, cubierto de polvo y mortalmente cansado llegó a su casa. El médico ya había hecho su visita, mas la señora Adele se mostraba tranquila y parecía no saber aún nada.

Durante la comida mantuvo Veraguth una conversación con Albert sobre caballos. Siempre volvía el pintor a encontrar algo que decir sobre el tema y Albert replicaba interesado. La señora Adele y Albert observaron que papá estaba muy cansado; fuera de eso no advirtieron nada. Él, empero, no cesaba de pensar con cólera casi burlona. "¡Podría tener la muerte en los ojos y ellos no lo advertirían! ¡He aquí lo que es mi mujer! ¡He aquí lo que es mi hijo! ¡Y Pierre se está muriendo!". Tal pensaba Veraguth sin lograr salir de ese triste círculo de ideas, mientras con torpe lengua formaba palabras que a nadie interesaban. Y luego dio en estos otros pensamientos: "Acepto que todo sea así. De tal modo apuraré solo hasta la última gota la copa del dolor. ¡Así me quedaré y fingiré y veré morir a mi pobre niñito! Y si después de eso vivo aún, ya no habrá nada en el mundo que me ate, ya no habrá nada que pueda lastimarme; entonces me marcharé y nunca más en toda mi vida mentiré, nunca más acogeré al amor, nunca más seré cobarde... Para mí sólo habrá vida intensa y acción; todo será un continuo proyectarme hacia adelante falto de toda paz, libre de toda inercia".

Con sombrío placer de su voluntad sentía Veraguth que el dolor quemaba en su corazón de modo salvaje e insoportable, mas también grande y puro como nunca antes sintiera nada en toda su existencia, y ardiendo en ese fuego sagrado vio Veraguth cómo se derrumbaba su insignificante vida anterior sin alegrías, falsa, informe, carente del auténtico valor, indigna ya de que se le dedicara un pensamiento, ni siquiera de censura.

Pensando de esta suerte permaneció el pintor aún una hora sentado en el cuarto del enfermo a la vera de su hijo; luego pasó tendido en su cama una noche de ardiente insomnio, entregado por entero al dolor que lo consumía, sin esperar nada, sin exigir nada, como si ese fuego de su corazón le quemara, purificándola, hasta la última fibra viva de su ser. Comprendía que tenía que padecerlo todo, que era preciso que abandonara y viera morir aquello más amado, mejor y más puro de cuanto poseía.

Capítulo XVI

Pierre empeoraba, y su padre permanecía casi todo el día junto al pequeño lecho. La mayor parte del tiempo el niño era víctima de fuertes dolores de cabeza, respiraba rápida y afanosamente y a cada movimiento de su pecho emitía un leve quejido. A veces, su delgado cuerpecillo se agitaba en breves contracciones y se doblaba formando un arco tenso. Luego volvía a quedar extendido en la cama en una inmovilidad completa; por último, daba espasmódicos bostezos. Después de haberse adormecido por una hora, volvió nuevamente a lanzar aquellos ayes regulares a cada movimiento que su pecho hacía para respirar.

No oía lo que se le hablaba; cuando, casi valiéndose de la violencia, su madre lo hacía incorporar para darle algún alimento, el niño lo tragaba con indiferencia mecánica. Veraguth permaneció largo rato sentado en las semitinieblas de la habitación cuyas espesas cortinas habían sido corridas enteramente; inclinado sobre el pequeño observaba, con profunda atención y con el corazón sobresaltado, cómo en el hermoso rostro del niño iban desapareciendo o deformándose sus amados rasgos, delicados y encantadores. Lo que ahora quedaba era un rostro pálido, una espantosa máscara de dolor de rasgos simplificados en cuya expresión no se podía leer otra cosa que sufrimiento, repugnancia y horror.

A veces contemplaba Veraguth cómo esas facciones deformadas se suavizaban en los raros momentos en que el niño se adormecía y exhibían un destello de aquel encanto amoroso de otros días; entonces, se quedaba inmóvil, mirándolo fijamente con sedienta avidez, procurando impregnarse de esos amables y queridos rasgos que reaparecían insinuándose detrás de la deforme máscara. Le

163

parecía que hasta esos momentos de vigilia y amorosa contemplación nunca había sabido verdaderamente lo que era amar.

Durante varios días la señora Adele vivió sin presentir la verdad; sólo poco a poco, cuando advirtió la insólita actitud de su marido que persistía día tras día, comenzó a sospechar la gravedad de la situación. Resolvió entonces hablar con Veraguth, de suerte que una noche en que éste salía del dormitorio del pequeño, la señora de Veraguth lo llevó aparte y le dijo brevemente en tono de amargura y como ofendida:

—¿Qué ocurre, pues, con Pierre? ¿De qué se trata? Bien veo que sabes algo.

Él la miró, cual sumido en honda distracción, y le dijo con los labios secos:

—No sé nada, hija. Lo que sé es que Pierre está muy enfermo. ¿Acaso no lo ves?

—Lo veo, pero quiero saber de qué se trata. Tú y el médico lo tratáis como a un enfermo de muerte. ¿Qué te dijo sobre el niño?

—Me dijo que está muy mal y que tenemos que cuidarlo mucho. Es una especie de inflamación en su pobrecita cabeza. Mañana le pediremos al doctor que nos diga algo más.

La señora de Veraguth se apoyó en un anaquel de libros y con su mano se asió a los pliegues de las cortinas verdes. Como ella callara, Veraguth permaneció pacientemente de pie con el semblante terroso y los ojos encendidos. Le temblaban un poco las manos, mas su actitud revelaba dominio de sí; en su rostro se dibujó una suerte de sonrisa, extraño destello de entrega, paciencia y cortesía.

La señora Adele se le aproximó lentamente. Puso una mano sobre un brazo de su marido y pareció que se le aflojaban las rodillas. En voz bajísima susurró por último:

—¿Crees que pueda morirse?

Veraguth conservó en sus labios esa débil, necia sonrisa, pero por su rostro le corrieron menudas lágrimas. Asintió con un débil movimiento de cabeza y cuando ella, perdiendo el equilibrio, cayó pesadamente al suelo, Veraguth la levantó y la ayudó a sentarse en una silla.

—No es cosa que pueda saberse con seguridad —empezó a decir Veraguth con lentitud, casi con torpeza, como si lleno de repugnancia estuviera repitiendo una vieja lección de la que se cansara ya largo tiempo atrás—. No hay que perder el ánimo.

—No hay que perder el ánimo —volvió a repetir mecánicamente después de un rato, cuando vio que su mujer, habiéndose rehecho, se erguía en su silla.

—Sí —dijo la señora Adele—; tienes razón.

Y después de una pausa, exclamó:

—¡Oh, no puede ser! ¡No puede ser!

De pronto volvió a erguirse con energía; sus ojos parecían animados de nueva vida y todos sus rasgos resplandecían de inteligencia y aflicción.

—Tú —dijo en voz alta—; tú no piensas volver, ¿no es verdad? Lo sé. ¿Quieres abandonarnos?

Bien se daba cuenta Veraguth de que ése era un momento que no admitía ninguna falsedad; por eso dijo brevemente y sin expresión:

—Sí.

La señora Adele se quedó balanceando de aquí para allá su cabeza como si pretendiendo pensar algo con claridad no lo consiguiera. Lo que dijo, empero, no era el producto de la reflexión y el pensamiento sino que fluyó de modo inconsciente a causa de la sombría tribulación del momento, a causa de su cansancio y desfallecimiento, pero sobre todo porque sentía ella la oscura necesidad de reparar algo y de hacer bien a alguien ante quien todavía era posible mostrarse capaz de bondad.

—Sí —dijo—; ya me lo imaginaba. Pero escúchame, Johann, Pierre no puede morirse. ¡No es posible que todo se derrumbe así de golpe! Y, ¿sabes?, quisiera decirte algo más; cuando Pierre se reponga y esté otra vez sano, te lo cederé. ¿Oyes? Lo tendrás para ti.

En el primer momento Veraguth no comprendió. Sólo poco a poco fue dándose cuenta de lo que su mujer le había dicho y de que aquello por lo que tanto había luchado con ella durante años y años y por lo que tanto había titubeado y sufrido, se le concedía, ahora que ya era demasiado tarde.

Parecióle todo insensato y loco. No sólo tenía ahora repentinamente lo que ella había rehusado darle por tanto tiempo, sino que además justamente en el momento en que Pierre iba a pertenecerle se hallaba al borde de la muerte. ¡Era para él como si el niño se le muriera dos veces! ¡Todo era un terrible desatino! ¡Si era como para echarse a reír! Y, en efecto, parecióle a Veraguth tan grotesco e insensato que poco faltó para que verdaderamente estallara en una carcajada.

Pero la señora Adele se lo había ofrecido con toda sinceridad. Evidentemente, no creía que Pierre pudiera morir. Su ofrecimiento revelaba rasgos bondadosos, revelaba un terrible sacrificio que ella hacía en esa hora de amarga y dolorosa turbación. Veraguth observó que su mujer palidecía, sufría y realizaba grandes esfuerzos para mantenerse serena. Veraguth no tenía que mostrarle que ese sacrificio que ella le ofrecía, que ese tardío y singular gesto de magnanimidad era para él un escarnio mortal.

La señora Adele aguardaba ya con cierta extrañeza una palabra de su marido. ¿Por qué no decía nada? ¿O es que no le creía? ¿O era que se sentía tan ajeno a ella que no quería aceptarle nada, ni siquiera este gran sacrificio, el mayor que podía ofrecerle?

Ya comenzaba a contraérsele el rostro de desencanto, cuando él, logrando dominar sus encontrados sentimientos, le tomó la mano, se inclinó sobre su mujer y con fríos labios le dijo:

—Gracias.

Entonces se le ocurrió un pensamiento que le hizo agregar con viveza y tono mudado:

—También yo quiero cuidar y asistir a Pierre. Déjame que vele esta noche junto a él.

—Nos turnaremos —replicó la señora Adele con decisión.

Pierre pasó esa tarde muy tranquilo. Sobre la mesilla brillaba la luz tenue de un pequeño velador, cuya débil claridad no alcanzaba a iluminar por entero la habitación, sino que se perdía junto a la puerta, en la penumbra. Veraguth permaneció largo rato escuchando la respiración agitada del niño; luego se recostó en un estrecho diván que habían hecho colocar en el cuarto del enfermo.

A las dos de la mañana se despertó la señora Adele que, encendiendo una luz, se levantó. Llevando la bujía en la mano y envuelta en su bata, se dirigió al dormitorio de su hijo. Allí encontró todo silencioso y tranquilo. Las pestañas del pequeño se agitaron ligeramente cuando la luz de la bujía cayó sobre su rostro; mas no se despertó. Sobre el diván un poco encogido encontró a Veraguth sumido en profundo sueño.

Le iluminó también el rostro con la luz de la bujía y se quedó un instante de pie, inmóvil junto a él. Se quedó mirando su semblante leal y recto, cubierto de muchas arrugas y cabello gris, con sus mejillas relajadas y sus ojos socavados bajo los párpados.

"También él ha envejecido", pensó con un sentimiento de compasión y a la vez de satisfacción tranquilizadora mientras se sentía tentada a pasarle la mano por el cabello.

Mas no lo hizo. Volvió a salir del dormitorio sin hacer el menor ruido y, cuando horas después se presentó nuevamente por la mañana, encontró a Veraguth despierto y sentado desde hacía buen tiempo junto al lecho de Pierre; su boca y la mirada con que la saludó estaban nuevamente colmadas de esa misteriosa energía y decisión en las que desde hacía días se había encerrado como en una coraza.

Para Pierre iba a ser ése un mal día. Se adormecía por largo rato y se quedaba tendido con los ojos abiertos y rígidamente fijos, hasta que una nueva ola de dolores volvía a despertarlo. Se revolvía entonces furiosamente en la cama, crispaba sus puñitos y se oprimía fuertemente con ellos los ojos; su rostro adquiría ya una palidez mortal, ya un color rojo vivo y llameante. De pronto comenzó a gritar rebelándose, impotente, contra tormentos insoportables, y gritó tanto y tan quejumbrosamente que su padre, pálido y aniquilado, tuvo que salir de la habitación porque ya no podía tolerar el seguir oyéndolo.

Veraguth mandó buscar al médico que ese día acudió aún dos veces más a Rosshalde y que por la tarde llevó consigo una enfermera. Al anochecer perdió Pierre el conocimiento; la enfermera se sentó a la cabecera de la cama del niño, y padre y madre pasaron también toda la noche velando con el sentimiento de que el fin no podía hacerse esperar mucho. El niño no se movía; su respiración, muy irregular, era anhelante.

Veraguth y su mujer pensaban en el tiempo aquel en que Albert se hallaba gravemente enfermo y en que ambos lo habían cuidado y asistido juntos. Y tanto Veraguth como la señora Adele sentían que no podía repetirse ahora aquello mismo. Se hablaban con suavidad y algo cansadamente con voz susurrante por encima del lecho del enfermo, mas no hacían ninguna alusión al pasado, no pronunciaron ni una sola palabra sobre aquella época. Les conmovía, como un espectro, la semejanza de la situación y de lo que estaba aconteciendo; mas ellos mismos se habían convertido en otros seres; ya no eran las criaturas humanas de antes, que lo mismo que ahora velaban y hablaban en voz baja inclinadas sobre el lecho de enfermo de su hijo.

Albert no había podido dormir esa noche impresionado por la silenciosa intranquilidad que reinaba en la casa. A medianoche, andando de puntillas y a medio vestir, se presentó en la puerta del cuarto de Pierre, entró emocionado, susurrando algo y preguntó si no podía ayudar en nada.

—Gracias —respondió Veraguth—; pero no hay nada que hacer. Ve a dormir y consérvate sano.

Mas cuando Albert se retiró, pidió Veraguth a su mujer:

—Ve con él un rato y consuélalo.

Ella se levantó y salió, considerando una amabilidad muy cordial el hecho de que su marido hubiera pensado en su otro hijo.

Luego, sólo al amanecer, cediendo a las instancias de Veraguth, fue a acostarse. Al romper el día se presentó la enfermera que relevó al pintor de su puesto. Pierre seguía en el mismo estado.

Veraguth no sentía aún deseos de dormir y anduvo errando un rato por el parque. Sin embargo, le ardían intensamente los ojos y sentía una sensación de ahogo y la piel relajada. Se bañó en el lago y luego pidió a Robert que le sirviera café. Púsose después a contemplar el bosquejo que había hecho del bosquecillo. El conjunto era fresco y grácil, mas no representaba cabalmente lo que Veraguth habría querido pintar; pero ahora su proyectado cuadro quedaba frustrado y anulados sus planes de pintar por última vez en Rosshalde.

Capítulo XVII

Desde hacía algunos días no variaba el estado de la enfermedad de Pierre. Una o dos veces por día sufría el niño accesos de convulsiones acompañados de fuertes dolores; lo restante del tiempo lo pasaba en un estado de semiinconsciencia, en que sus sentidos no percibían las cosas sino muy débilmente. El tiempo caluroso que había reinado hasta entonces terminó por resolverse en una tormenta de agua; había refrescado mucho y el intenso brillo estival del jardín se perdía entre la ligera lluvia que, empero, no dejaba de caer.

Veraguth había, por fin, pasado una noche en su propia cama y conseguido dormir durante muchas horas con profundo sueño. Sólo ahora que se estaba vistiendo con la ventana de la habitación abierta percibió el pintor el frío; en los últimos días había estado moviéndose en un estado de somnolencia febril sin advertir mayormente el mundo circundante. Se inclinó fuera de la ventana y estremeciéndose ligeramente de frío aspiró con avidez el aire de lluvia de esa mañana sin luz. Olía a tierra mojada y a la proximidad del otoño, y Veraguth, que tenía una sensibilidad agudísima para registrar los signos de las estaciones que sentía profundamente, notó con gran admiración que ese verano iba desapareciendo casi sin dejarle huella alguna, casi sin que lo hubiera llegado a sentir acabadamente. Le pareció que había pasado no ya unos días y noches en el cuarto de enfermo del pequeño Pierre, sino meses enteros.

Se cubrió con el impermeable y se dirigió a la residencia. Allí le dijeron que Pierre se había despertado temprano, mas que hacía ya una hora que había vuelto a adormecerse; Veraguth se desayunó con Albert. El joven sentía en el fondo de su corazón muy de veras la enfermedad de su hermano y sufría, sin querer, no obstante, demostrarlo, en esa asfixiante atmósfera de aflicción que reinaba en la casa.

Cuando Albert se retiró a su habitación para hacer los trabajos prácticos que debía presentar en el colegio, Veraguth se llegó hasta la cama de Pierre que todavía dormía y tomó asiento junto a la cabecera del lecho. En esos días, después de haberlo meditado mucho, había llegado a la conclusión de que sería mejor para el niño que el fin llegara cuanto antes, pues el pobre Pierre no pronunciaba ya palabra alguna y se consumía desesperadamente como si él mismo supiera que todos los cuidados que se le prodigaban no le aprovecharían nada. Sin embargo, no quería Veraguth faltar ninguna hora de su puesto y permanecía junto al lecho del pequeño enfermo con apasionado celo. ¡Ah, cuántas veces había ido el pequeño Pierre a visitarlo y lo había encontrado cansado o indiferente, absorto en su trabajo o perdido en vanos pensamientos! ¡Cuántas veces distraído y sin participar en ese acto había mantenido entre las suyas la pequeña mano delicada del niño sin atender a una sola de sus palabras, cada una de las cuales consideraba ahora de un valor inapreciable! ¡Oh, todo eso era irreparable! Pero ahora que la pobre criatura yacía en medio de terribles sufrimientos y debía afrontar solo con su corazoncito de niño mimado e inerme a la muerte, ahora que en unos pocos días tenía que apurar todos los dolores y toda la desesperación del miedo a la enfermedad, a la debilidad y a la proximidad de la muerte con que se horroriza y encoge el corazón del hombre, ahora quería Veraguth acompañarlo siempre, no faltar un solo instante de su lado. Lo quería para castigarse y hacerse daño y lo quería sobre todo para que cuando se presentara acaso el momento en que su hijito reclamara su presencia, pudiera él mismo prestarle un pequeño servicio y demostrarle un poquito de amor.

Y he aquí que esa mañana le fue pagado su celo. Esa mañana abrió Pierre los ojos y sonriéndole le dijo con vocecilla débil, suave:

—Papá.

171

Al pintor se le contrajo el corazón con violencia al volver a oír la voz tanto tiempo callada, que ahora lo llamaba y que se había hecho tan apagada y débil.

—¡Pierre, hijo querido!

Veraguth se inclinó con ternura sobre el niño y lo besó en la sonriente boquita. Pierre mostraba un aspecto más fresco y feliz que todo cuanto pudiera esperarse; sus ojos brillaban claros y con expresión consciente; casi había desaparecido por completo la profunda arruga que se le había formado entre ambos ojos.

—Corazón mío, ¿te sientes mejor?

El niño, sonriendo, lo miraba con gesto maravillado. El padre le tendió la mano y Pierre puso la suya pequeñita en la del padre, esa manecita que nunca había sido muy fuerte y que ahora parecía tan diminuta, tan blanca, tan cansada.

—Ahora tomarás en seguida tu desayuno y luego te contaré cuentos.

—¡Oh, sí, el del señor Rittersporn y el de los pajarillos de verano! —dijo Pierre, al paso que su padre no salía de su asombro al comprobar que el niño hablaba y sonreía y lo escuchaba.

Veraguth le llevó el desayuno. Pierre comió bien y aun accedió a las instancias de su padre que le ofrecía un segundo huevo. Luego Pierre pidió que le alcanzara sus libros de láminas favoritos. Veraguth descorrió con precaución una de las cortinas; la luz pálida del día lluvioso penetró en la estancia, y Pierre, incorporándose un poco, se dispuso a mirar sus libros de láminas. El hacerlo parecía que no le determinaba, como vez pasada, dolor alguno; con gran atención iba el niño recorriendo las páginas y saludando, alborozado con breves exclamaciones, la aparición de los distintos personajes. Al cabo de un rato se cansó de estar sentado y comenzó a sentir un ligero dolor en los ojos. Entonces, volvió a extenderse en la cama y pidió a su padre que le leyera unos versos, que le gustaban mucho, referentes al mirabel y al boticario Gundermann.

¡Oh boticario Gundermann,
curadme con algún ungüento!
¡Bien veis qué mal ando
que por todas partes me desgarro!

Veraguth se esforzó cuanto pudo por leer los versos con tono pícaro y risueño; Pierre sonreía agradecido. Mas con todo eso parecía como que los versos hubieran perdido su antiguo poder, como si para Pierre, desde la última vez que los escuchara, hubieran transcurrido muchos años y fuera ahora un niño de mayor edad. Las láminas y los versos cierto es que le hicieron recordar días esplendorosos, rientes, alegres, mas aquella antigua alegría, aquel aire animado no retornaba ahora, de suerte que sin comprenderlo, Pierre miraba esos días felices de su niñez, que semanas antes eran una realidad, ya con el sentimiento de nostalgia y tristeza propio de un adulto. Es que Pierre ya no era un niño, sino un enfermo a quien el mundo de la realidad ya se le escapaba y cuya alma, tornada clarividente, sentía a su alrededor con espanto y angustia, la muerte que acechaba.

Sin embargo, después de días tan horribles, esa mañana se le mostraba llena de luz y felicidad. Pierre se hallaba tranquilo y Veraguth, aun contra su voluntad, comenzaba a alimentar conmovido esperanzas cada vez mayores. ¡Al fin de cuentas bien podía ser que el niño no se le fuera! ¡Y ahora le pertenecía a él, a él solo!

El consejero de sanidad se estuvo buen rato junto a la camita de Pierre sin atormentarlo con preguntas o exámenes de su cuerpo. Sólo en ese momento se presentó la señora de Veraguth que había compartido con la enfermera el último turno de velar al niño durante la noche. Se quedó transportada por la emoción al comprobar la repentina y notable mejoría de su hijo, cuya mano tomó con tanta fuerza que hasta le hizo daño; la señora Adele no hizo siquiera el menor esfuerzo por ocultar las lágrimas que le corrieron por las mejillas. También Albert visitó por breves momentos a su hermano.

—Es como un milagro —dijo Veraguth al médico—. ¿No está usted muy sorprendido?

El consejero de sanidad asentía y sonreía con cordialidad. No hizo ninguna objeción, pero evidentemente no mostraba excesiva alegría. Al punto volvió a caer Veraguth en sus recelos. Observaba atentamente cada uno de los ademanes y gestos del médico y en los ojos de éste, en tanto que su rostro sonreía, leyó fría atención y refrenada inquietud. Luego espió y trató de escuchar, a través de la rendija de la puerta, la conversación que sostuvieron el consejero de sanidad y la enfermera, y si bien no logró oír sino unas pocas palabras, entendió por el medido tono susurrante, serio y severo de las voces, que allí se estaba diciendo algo grave.

Luego acompañó al médico hasta el coche y a último momento le preguntó:

—No espera usted mucho de esta mejoría, ¿no es verdad, doctor?

El rostro desagradable, sereno, del consejero de sanidad, se volvió hacia Veraguth.

—¡Alégrese usted de que le hayan sido dadas unas pocas horas de tranquilidad al pobrecito! ¡Esperemos que esto dure!

En sus ojos inteligentes no era posible leer el menor destello de esperanza.

Presuroso, para no perder ningún instante, Veraguth volvió a entrar en el dormitorio del enfermo. Su madre le estaba contando la historia de la bella durmiente del bosque; el pintor se sentó junto a su mujer y se quedó contemplando cómo las facciones de Pierre seguían el desarrollo del cuento.

—¿Quieres que te cuente otra historia? —preguntó la señora Adele.

El niño la miró con grandes ojos abiertos.

—No —dijo con algún cansancio—; más tarde.

La señora de Veraguth se encaminó a la cocina para preparar algo a su hijo y Veraguth tomó entre las suyas una mano de Pierre. Permanecieron ambos callados y quietos, mas de vez en cuando Pierre miraba sonriendo a su padre como si se sintiera feliz de que papá estuviera allí a su lado.

—¿De modo que estás mucho mejor? —preguntó por fin Veraguth lisonjero.

Pierre se puso ligeramente encarnado, mientras sus deditos jugueteaban con la mano de su padre.

—¿No es cierto que me quieres, papá?

—Seguramente, corazón. Tú eres mi hijito querido; cuando vuelvas a ponerte bueno siempre hemos de estar juntos, ¿sabes?

—Sí, papá... Una vez estuve vagando por el jardín; yo estaba enteramente solo y ninguno de vosotros me quería. Pero tenéis que amarme y ayudarme cuando sienta de nuevo el dolor de estar solo. ¡Oh, cuánto he sufrido por eso!

Había cerrado a medias sus ojos y hablaba en voz tan baja que Veraguth tuvo que inclinarse sobre él hasta poner la oreja junto a la boca del niño para oír lo que éste decía.

—Tenéis que ayudarme. Yo seré bueno y juicioso, sí, siempre; no me echéis reprimendas. No me reprenderéis más, ¿no es verdad? Tienes que decírselo también a Albert.

Sus párpados se cerraban agitados y volvían a abrirse, más la mirada del niño era sombría y sus pupilas se habían dilatado.

—Duerme, hijo, duerme. Estás muy fatigado. Duérmete, duérmete, duérmete.

Veraguth le cerró cuidadosamente los párpados y comenzó a entonar en voz baja una melodía para arrullarlo como solía hacer cuando era un niño muy pequeñito. Pierre pareció adormecerse.

Al cabo de una hora se presentó la enfermera para que Veraguth pudiera salir a almorzar. El pintor fue al comedor, donde, sentándose, tomó un plato de sopa callada y distraídamente sin percibir casi lo que se decía en la mesa. El susurro delicado del querido niño resonaba en sus oídos dulce y triste. ¡Ah, cuántas veces, habiendo podido hablar con su querido hijito como acababa de hacerlo y habiendo podido mostrar a su ingenua confianza el amor tierno que por él sentía, no lo había hecho!

175

Mecánicamente extendió su mano hacia la jarra para servirse agua. De pronto, desde la habitación de Pierre resonó en toda la casa un grito estridente, cortante, que desgarró las sombrías nubes de la dolorosa ensoñación de Veraguth. Todos saltaron de sus sillas, pálidos; la jarra rodó sobre la mesa y cayó al suelo con estrépito.

De un salto, Veraguth se precipitó a la puerta.

—¡El hielo! —gritó la enfermera.

Veraguth, empero, no oyó nada. No oía más que el terrible grito de desesperación que le penetraba la conciencia cual filoso cuchillo en la herida. Entró corriendo en el dormitorio de Pierre.

Allí estaba el niño, blanco como la nieve, con su boca horriblemente contraída; sus enflaquecidos miembros se encorvaban desesperados en furiosas convulsiones, sus ojos miraban rígidos, con expresión de horror indecible. Y de pronto, volvió a lanzar un grito, más salvaje aún que el anterior, un alarido espantoso, y curvándose en violento arco hizo trepidar toda la cama al dejarse caer y volver a curvarse, agitado por los dolores, como una varilla agitada por enconadas y furiosas manos infantiles.

Estaban todos horrorizados y sin saber qué hacer hasta que las indicaciones de la enfermera pusieron algo de orden. Veraguth de rodillas junto a la cama, procuraba impedir que Pierre, en sus violentas contracciones, se hiriera. A pesar de ello, el pequeño se lastimó su mano derecha, que en seguida comenzó a sangrar, contra el borde metálico de la cama. Luego, desplomándose, giró sobre sí mismo, de modo que vino a quedar apoyándose en el vientre, comenzó a morder furioso y callado la almohada y a mover acompasadamente de arriba a abajo su pierna izquierda. La levantaba y luego la dejaba caer con un súbito movimiento de martinete; permanecía entonces un instante quieto y volvía a realizar esos movimientos con ritmo preciso que repitió diez, veinte veces, sin interrupción.

Las mujeres estaban ocupadas en preparar compresas de hielo; a Albert no se le había permitido permanecer en la habitación. Veraguth, que quedó de hinojos junto a la cama, seguía con la mirada la trágica regularidad de los movimientos de la pierna que se alzaba, se estiraba y volvía a caer debajo de la sábana. Allí estaba su hijito, cuya sonrisa pocas horas antes había resplandecido como el sol y cuyos suplicantes balbuceos que reclamaban cariño le habían conmovido y hechizado las fibras más recónditas del alma. Allí estaba su hijito que no era ahora más que un cuerpo convulsionado, un pobre e inerme ovillo de dolor y de miseria.

—¡Pierre, aquí estamos todos contigo! —gritó desesperado Veraguth—. ¡Pierre, hijo mío, aquí estamos y queremos ayudarte!

Mas ya no había camino alguno que llevara desde los labios del padre al alma del niño, de suerte que todas las protestas de consuelo y todos aquellos absurdos susurros de ternura no llegaron a penetrar la horrible soledad del moribundo. Él ya estaba muy lejos, en un mundo distinto, que recorría a pasos mesurados, sediento, andando a través de un valle infernal colmado de dolor y muerte; y acaso desde allí el niño continuaba gritando y reclamando los consuelos de aquel que de rodillas habría sufrido con gusto todos los tormentos del mundo por ayudar a su hijito.

Todos sentían que eso ya era el fin. Desde aquel primer grito que los había horrorizado y que revelaba un dolor tan profundamente animal, todos sentían la presencia de la muerte en cada umbral, en cada ventana de la casa. Nadie hablaba de ella; todos, no obstante, la habían reconocido; también Albert y las doncellas y hasta el mismo perro que andaba intranquilo de aquí para allá en la plazoleta de guijo del parque y que a las veces lanzaba a los aires lastimero aullido. Y si bien todos se esforzaban solícitos y activos, si hacían hervir agua y preparaban compresas frías, ya nadie luchaba verdaderamente contra la enfermedad, ya nadie alimentaba esperanza alguna.

Pierre había perdido el conocimiento. Todo su cuerpecillo tiritaba como si sintiera intenso frío; de vez en cuando emitía un grito débil y alocado y luego terminaba siempre, después de cada una de esas pausas, por elevar nuevamente su pierna para dejarla caer con fuerza; y volvía entonces a repetir sus acompasados movimientos cual si se tratara de la marcha de un reloj.

De tal suerte transcurrió la tarde, la caída del día y también la noche; cuando con la primera luz del alba el pequeño luchador se quedó ya sin fuerzas para resistir al enemigo que lo acosaba y terminó por entregársele, sus padres se miraron con sombríos rostros por encima del pequeño lecho, sin decir palabra. Johann Veraguth puso su mano sobre el corazón de Pierre y comprobó que éste ya no palpitaba; permaneció, empero, con la mano apoyada en el descarnado pecho hasta que lo sintió enteramente frío.

Luego, muy lentamente llevó la mano hasta las de la señora Adele que las tenía juntas y le dijo en un susurro:

—Ya se fue.

Y mientras conducía a su mujer fuera de la habitación y oía sus ahogados sollozos, mientras la dejaba en manos de la enfermera para que la asistiera, mientras se dirigía a la habitación de Albert para establecer si éste se había ya despertado y mientras, después de haber vuelto junto al lecho del muerto, lo acomodaba y lo extendía en la cama, sintió Veraguth que la mitad de su vida había perecido y que sobre ella caía una paz perfecta.

Puso en orden el dormitorio de Pierre y luego, abandonando la tarea final a la enfermera, se recostó y cayó en un breve pero profundo sueño. Cuando la plena luz del día se filtró a través de las ventanas, el pintor se despertó y se levantó en seguida disponiéndose a realizar la última obra que había determinado llevar a cabo en Rosshalde. Volvió a entrar en el dormitorio de Pierre, descorrió del todo las cortinas e hizo que la luz fría de ese día otoñal inundara el rostro blanco y las manecitas rígidas de su hijito. Luego se sentó junto al lecho, desplegó una cartulina y comenzó a dibujar por última vez esas facciones que tanto había estudiado, que desde la más tierna infancia había conocido y amado y que ahora, simplificadas y heladas por la muerte, revelaban, ello no obstante, sufrimientos indecibles.

Capítulo XVIII

El sol brillaba con resplandor de fuego en los bordes de las nubes, que ya cansadas de derramar agua se presentaban desmadejadas, cuando la familia de Pierre se dirigía del cementerio a Rosshalde. La señora Adele iba sentada y erguida en el coche; su semblante lloroso se destacaba singularmente claro y rígido del color negro del sombrero y de su vestido de luto, cerrado hasta el cuello. Albert, que mantenía las manos de su madre entre las suyas, mostraba hinchados los bordes de los párpados.

—De modo que mañana partís —dijo Veraguth con vivacidad—. No os preocupéis por nada; yo me ocuparé de todo lo que sea necesario hacer aquí. ¡Ten valor, hijo mío, ya llegarán mejores tiempos!

Bajaron del coche delante del edificio de Rosshalde. Las ramas, goteantes aún, de los castaños, resplandecían con fuerte brillo a la luz. Un poco deslumbrados entraron en la casa silenciosa donde los aguardaban susurrando las doncellas vestidas de negro en señal de duelo. Veraguth había cerrado él mismo el cuarto de Pierre.

Les habían preparado café, de modo que los tres se sentaron alrededor de la mesa para beberlo.

—Os he reservado habitaciones en Montreux —comenzó a decir Veraguth—. Lo importante es que descanséis bien y recobréis las fuerzas. Yo también emprenderé viaje apenas haya terminado los asuntos aquí pendientes. Robert permanecerá aquí y mantendrá la casa en orden. Le dejaré a él mis señas.

Nadie lo escuchaba; sobre todos pesaba una atmósfera de avergonzada timidez que los helaba. La señora Adele mantenía la vista obstinadamente baja y clavada en las migajas del mantel. Hallábase encerrada en su tristeza y en modo alguno quería que la arrancaran de ella; Albert guardaba una actitud semejante a la de su madre. Desde que el pequeño Pierre yacía inerte, había vuelto a desaparecer de la familia esa suerte de apariencia de unidad que antes había tenido, cual desaparece del rostro de un vasallo miserable la expresión de cortesía al ver partir a un huésped poderoso y temido al que debió dar hospitalidad. De los tres, sólo Veraguth continuaba representando su papel y manteniendo firmemente delante de su rostro la máscara hasta el último momento y a pesar de todo. Temía que una escena de desesperación de su mujer pudiera todavía frustrarle la despedida de Rosshalde, de modo que en el fondo de su corazón aguardaba con suprema ansiedad el momento que madre e hijo se marcharan.

Nunca había estado en su vida tan solo como esa tarde que pasó encerrado en su pequeña habitación. Allá en la residencia, su mujer preparaba baúles y maletas. Él escribió algunas cartas y dispuso por escrito distintos negocios; hizo saber a Burkhardt la triste nueva del fallecimiento de Pierre; extendió un poder a favor de su abogado y comunicó al banco sus últimas instrucciones. Había despejado el escritorio y ahora tenía delante de sí el retrato del pequeño Pierre que yacía en la fría tierra; preguntábase Veraguth si sería posible ya para él volver a entregar su corazón a otro ser humano del modo con que lo había hecho con éste, si sería posible volver a compartir con otro el dolor. No, ahora estaba solo, enteramente solo.

Largo tiempo estuvo Veraguth contemplando el dibujo, las consumidas mejillas, aquellos párpados cerrados sobre los ojos socavados, aquella boquita delgada y apretada, aquellas manos de niño horriblemente descarnadas. Por fin, Veraguth guardó el retrato en el estudio, que dejó cerrado, tomó su abrigo y salió al parque. Afuera estaba ya todo oscuro y en calma. Allá en la casa veíanse algunas ventanas iluminadas que hoy ya no le interesaban. Pero aquí abajo, a la sombra de los castaños, en los pequeños cenadores, en la plazoleta de guijo y en los arriates de flores soplaba cual un hálito de vida y de recuerdo.

¿Acaso no había sido aquí donde Pierre —¿cuántos años hacía de ello?— le había mostrado un ratoncillo que había cazado; y no había sido un poco más allá, junto a las flores de *phlox,* donde le había hablado con tanto calor de la mariposa azul y donde había dado a las flores los nombres más delicados y fantásticos? Sobre todo allí abajo, en el patio, junto a las aves de corral y a la casilla del perro, en el parque de césped y en los senderos sombreados por el follaje de los tilos, había pasado el pequeño su breve vida, había jugado; éstos habían sido los lugares donde resonaba su clara risa de niño y donde se sentía dueño y señor. Allí había gozado, centenares de veces, sin que nadie se cuidara de él, sus alegrías infantiles y vivido las hazañas de sus cuentos; y allí acaso, a las veces, había llorado al sentirse abandonado e incomprendido.

Veraguth erraba a través de las tinieblas de la noche visitando cada uno de los lugares que despertaban en su alma recuerdos de su niñito. Por último, se puso de rodillas junto al montón de arena con que solía jugar Pierre y metiendo en él las manos dejó que éstas se le enfriaran en la arena húmeda; y cuando, habiendo dado sus dedos con un objeto de madera, lo levantó para ver de qué se trataba y reconoció la palita de los juegos de Pierre, cayó a tierra exánime y consiguió por fin llorar libre y desatadamente por primera vez en el curso de esos tres días terribles.

Por la mañana siguiente, sostuvo Veraguth una última conversación con la señora Adele.

—Consuélate —le dijo el pintor— y no olvides que me pertenecía. Me lo habías cedido... y yo te agradezco de nuevo ese hermoso gesto tuyo. Ya sabía yo que Pierre estaba condenado... pero fuiste de todos modos muy generosa. Ahora vivirás enteramente a tu gusto; pero sobre todo, no te precipites en nada. Conserva por un tiempo Rosshalde, podrías tal vez arrepentirte de deshacerte de la finca con precipitación. Sobre esto te aconsejará luego el notario, quien cree que el valor del terreno subirá pronto en la comarca. ¡Que tengas suerte en la venta! De todo cuanto hay aquí sólo me pertenecen las cosas del estudio; las haré retirar más adelante.

—Gracias... ¿y tú? ¿Ya no volverás nunca a Rosshalde?

—Nunca. No tendría objeto alguno. Y aun te diré esto: no abrigo ya en mi alma ninguna amargura. Bien conozco que yo mismo fui el culpable de todo.

—No digas eso. Me atormenta. Ahora te quedas enteramente solo. ¡Sí, si por lo menos hubieras podido conservar a Pierre! Pero así... ¡Oh, yo también tuve culpa, lo sé...!

—Pues ya la hemos expiado en estos días. Debes quedarte tranquila, hija. Todo está bien así. En verdad, ya no tenemos nada de qué quejarnos. Mira, ahora tienes a Albert que te pertenece por entero. Y yo... yo tengo mi trabajo. Con eso puedo sobrellevarlo todo. Tú misma serás más feliz de lo que lo fuiste todos estos años.

Veraguth, mostraba una actitud tan serena que su mujer se sobrepuso. ¡Ah, hubiera querido aún decirle mucho, infinitas cosas, agradecerle algunas, hablar de otras de las que quería aún quejarse! Pero la señora Adele comprendió que su marido tenía razón. Para él habíase convertido en pasado irremediable y sin existencia todo aquello que ella sentía aún como vida y amargo presente. Era menester, pues, callarse y olvidar las antiguas cosas del pasado. Se puso entonces a escuchar con atención las disposiciones que su marido había tomado y no pudo menos que asombrarse de que él lo hubiera previsto todo, hubiera pensado en todo. Ni una palabra hablaron sobre el divorcio. Tácitamente estuvieron de acuerdo en que podría llevarse a cabo más adelante, cuando él regresara de la India.

Alrededor del mediodía fueron todos a la estación. Allí estaba Robert con el equipaje; Veraguth condujo en medio del bullicio y el humo de la gigantesca plataforma de techo de vidrio a su mujer y a su hijo hasta el vagón; compró algunas revistas para Albert, a quien dio también el billete del equipaje; esperó junto a la ventanilla hasta que el tren se puso en marcha, se quitó el sombrero para saludar y se quedó contemplando de pie el vagón que se alejaba hasta que desapareció de la ventanilla la cabeza de Albert.

Durante el trayecto de regreso hizo que Robert le contara cómo se había producido el precipitado rompimiento de su noviazgo. Al llegar a su casa encontró al carpintero que debía hacer los cajones para sus últimos cuadros. Cuando todas sus telas estuvieran embaladas y fueran enviadas a su destino, también él se iría. Sentía deseos desmesurados de partir y abandonar para siempre Rosshalde.

Y he aquí que el carpintero terminó su trabajo. Robert trabajaba en la residencia junto con una de las doncellas, que aún no se había marchado; ambos cubrían los muebles y cerraban puertas y ventanas.

Veraguth se paseó un rato con pasos lentos de un extremo al otro del estudio; luego salió al aire libre y recorrió el parque a orillas del lago. Por allí había vagado él centenares de veces; pero hoy parecíale todo, la casa, el parque, el jardín, el lago, inmerso en irremisible soledad. El viento soplaba frío entre el follaje ya amarillento e impulsaba de nuevo rizadas nubes portadoras de lluvia. El pintor se estremeció. Ahora ya no tenía a nadie por quien alimentar cuidados, por quien tener consideraciones, ante quien tuviera que mantener determinada actitud; entonces sólo en ese momento sintió Veraguth en su fría soledad los efectos de los cuidados y velas nocturnas, la tensión febril y el cansancio agobiador de esos últimos días. No sólo lo sentía en su cabeza y en sus miembros sino que también hondamente en su espíritu. Comprendió entonces que en él se habían extinguido las últimas luces de la radiante juventud; sin embargo, no consideraba ese frío aislamiento y esa grisácea templanza como algo horrible.

Vagando lentamente por los húmedos senderos del jardín, iba Veraguth con ánimo sereno, procurando seguir retrospectivamente los hilos de su vida, cuya trama simple nunca había tenido ocasión, como ahora, de contemplar con tanta claridad y sosiego. Y llegó entonces a establecer que siempre había recorrido esos senderos del jardín con los ojos ciegos. Ahora comprendía bien que a pesar de todos sus deseos e intentos de vivir con hondura, no había sino transitado muy efímera y superficialmente por los senderos del jardín de la vida. En toda su existencia no había experimentado ni gustado un amor que hubiera llegado hasta las raíces más profundas de su ser; nunca hasta esos últimos días. Sí, junto a la cama de su hijito moribundo, ¡ay, demasiado tarde!, había vivido el único amor verdadero de su existencia, ya que por primera vez se había olvidado de sí mismo, había trascendido de sí mismo. Ésa sería siempre para él la auténtica experiencia de la vida y guardaría su recuerdo en el corazón como un tesoro.

Ahora le quedaba sólo su arte, del que nunca se había sentido tan seguro como en ese momento de su vida. Le quedaba el consuelo de, hallándose por así decirlo fuera de la vida, apropiársela y apurarla toda de un trago; le quedaba la singular, fría, no obstante libre, pasión del contemplar, del observar y del orgulloso e íntimo crear. He ahí lo que le quedaba, he ahí el valor que aún tenía su desdichada vida: esa imperturbable soledad y ese frío placer de representar el mundo. Su destino era, pues, seguir esa estrella que no reconocía extravío alguno en su curso.

Veraguth, aspirando profundamente el aire húmedo, amargo, del parque, dio en imaginar que cada paso que hacía era un empujón que daba al pasado para apartarlo de sí, cual si apartara una ya inútil barca de la orilla a la que acababa de llegar con ella. Nada de resignación había, empero, en el examen y reconocimiento que el pintor hizo de su estado; animado de una pasión activa y obstinada de trabajo, bien veía que en la vida que ahora comenzaba no podía haber ya tanteos, indecisiones o errores, sino que ante él se extendía un escarpado y audaz camino ascendente, bien definido. Más tarde y tal vez con mayor amargura de lo que los hombres suelen hacerlo, Veraguth se despidió así de los últimos resplandores de la dulce juventud. Ahora hallábase pobre y retrasado en medio del claro día, del que estaba determinado a no perder ya ninguna de sus horas preciosas.

Otros títulos de la colección

Composición de originales
Gea 21

Esta edición de 5.500 ejemplares
se terminó de imprimir el mes
de abril de 1999 en
Litografia Rosés, S. A. Gavà (Barcelona)